ジュリアとバズーカ

アンナ・カヴァン　訳 千葉 薫

Julia
and
the
Bazooka

Anna Kavan

translation:
Kaoru Chiba

bunyusha 文遊社

ジュリアとバズーカ

アンナ・カヴァン　訳 千葉 薫

Anna Kavan

Julia and the Bazooka

translation: Kaoru Chiba

Julia and the Bazooka

目次

Julia and the Bazooka

Anna Kavan

translation:
Kaoru Chiba

以前の住所

今日、退院の荷物をまとめているところへ、シスターが入って来る。彼女は身長が十フィートほどあるのだが、そのことを隠すようにいつもはうつむき、糊のきいたエプロンの下のポケットに両手を入れている。だが今日は、「患者所有物」と判が押してある大きな封筒を片手に持ち、それをわたしに差し出す。

「入り用なものじゃないでしょうけれど、退院する時にお返ししなくちゃならない規則なのよ」

わたしは封筒を受け取る。おかしなものだ。封筒の上から、慣れ親しんだ円筒型の注射器に触れたとき、夢を見ているような感じがする。これに触れるのは本当に久しぶりだ。「どうせ、役に立たないのよ」わたしは彼女に言った。「中に入れるものがなくっちゃね」これは言うべきことではないようなので、こうつけ加える。「ここに置いていったほうが良いみたいね」そして、封筒を無造作に紙くずかごに放りこむ。

彼女がじっとこちらを見つめているので、いったい何を考えているのだろうとわたしは思ってしまう。ようやく彼女は肩をすくめ、うつむきながら出て行く。別れの挨拶は言わずじまいだ。

しばらく待って、彼女が戻って来ないのを確かめると、わたしは封筒を拾い上げてハンドバッグにしまう。特に意味があってそうするわけではない。この行動は極めて機械的なもののように思われる。腰をおろして、誰かが呼びに来るのを待つが、そわそわしてしまってじっとしていられない。そこでコートをはおると病室を出て廊下を歩いて行く。おおぜいの人間とすれ違うが、誰もわたしに目もくれない。

注射器の他には、現金も含めた、いつもながらのこまごまとした品物がバッグに入っている。誰かに質問されたら、看護婦さんたちにさしあげる、お別れのプレゼントを買いに行くところです、だ。実に感心な心がけではないか。

何も質問されない。ポーターが回転扉を押してくれ、わたしは中央入口の階段を降りて通りに立つ。

わたしはまた外にいる。自由だ。それに、もちろん、まだ有罪だ。これからもずっとそうだろう。もっとも、ひとりで外にいるのは妙なものだということ以外、わたしは何も感じない。何歩か歩くと、この妙な心持ちは、かき乱された心理状態と同じだと思えてくる。これは、わたしが知っている世界ではない。わたしはぐるりとあたりを見まわす——群集、超高層ビル、車の洪水。何もかもが錯乱し、不吉で、狂っているようだ。

歩道には文字通り群集がひしめいており、誰かにぶつからずに歩くなどということは不可能だ。人間の顔をさがすが見つからない。ただ、仮面、ダミー、ゾンビの大群が、頭を下げて、すごい勢いでやみくもにすれ違っていくだけだ。町かど町かどの台座から、市長たちのいかめしい、非難の顔がわたしをにらみつけている。冷たい敵の目、矢の目が、先端に毒を塗った疑いでわたしを射る。まるで、わたしがどこから来たのか知っているようだ。

恐ろしい目。恐ろしい騒音。恐ろしい車の波。

空一面を不自然な光がおおっている。本当にどんよりと黒い光で、そのためにあらゆるものが邪悪な様相を帯びている。空中にぶら下がった黒い陰謀だ。何か恐ろしいことが起こっているか、それとも起こりかけているようだ。

行き交う車の波はとどろき、うなり、戦さに赴くかのように激しい流れとなって突進していく――太古の怪獣さながらに車がころげ回る。いずれ自分の餌食となる者たちをうっとりと眺めながら、悪意に満ちたその未発育の顔いっぱいに魔性の喜びの笑みを浮かべた車もいる。その固い重金属の殺人的な重量が、柔らかく、もろく、身を守る術のない肉体を襲ってぐしゃぐしゃに押しつぶす、その時を楽しみにしているのだ。押しつぶされた肉体が道路に薄く広がって、路面がすべりやすく、危険な状態になる。そこで他の車がスリップし、輪を描いてくるくる回り、無残な肉体から飛び散った、ソーセージ様につながった内臓にタイヤがからまってしまうのだ。

一台の車がわたしを餌食に選び、混沌状態の中を一直線にこちらに向かって来ていることに、わたしは突然気がつく。来るなら来い！　わたしをはねろ、轢け、わたしの存在を絶ってしまえ。自分の存在などわたしは望んでいない――好きでないのだ。好きだったことなど一度もない。機関車ほどもの大きさをした、見るも恐ろしい巨大な機械の恐竜がわたしに迫って来る。その金属製の暗殺者は、早くもわたしの頭上におおいかぶさる。

そして黒ずんだ固まりが、恐ろしく、冷酷な馬力をあらんかぎりこめてわたしにぶつかる。

一トンほどもの古びた鉄が、わたしを殺そうとぶつかってくる。わたしは破壊され、やっつけられ、すでにわたしの血で黒く染まった歩道に倒れる。切りさいなまれ、引き裂かれ、こわれたマッチ箱のように横たわりながら、自分が鯨のように血を吹き、尽きることのない泉に変わっていることに、すぐさまわたしは気がつく。

鯨の潮吹きのような血の大きな黒い固まりや血糊が高く噴き上がり、それからわき立つような激しい勢いの流れとなって降り注ぎ、通りがかりの歩行者たちをずぶ濡れにする。みんな足をすべらしながら、血だまりの中をずるずる歩いている。血は足首の上まで来ている。ほら、もう膝まで来た。通りじゅうで子供たちが悲鳴を上げはじめる。あごについた血をなめ、その味を舌で感じるか感じないうちに溺れていく。

おとなたちは助けることができない。彼らも溺れているのだ。すばらしい！　すてきだ！　みんな溺れてしまえ。わたしを滅ぼすことに躍起となった連中だ。わたしは彼ら全員を憎んでいるのだ。わたしの血はとどまることなくあふれ続ける。本管を猛烈な勢いで全開にしたものだから、誰にも止め方がわからないのだ。いたる所で人々が咳きこみ、息を詰まらせている。肺の中が、呼吸を不可能にするわたしの血と、その毒――彼らにとっては猛毒だ——でどんどんいっぱいになってきているからだ。

すばらしい！　ようやく、これまでずっとわたしを迫害し続けてきた連中に復讐してやっているのだ。窒息してしまいそうな集団となってわたしの周りに押し寄せ、わたしを参らせ、踏みにじろうとしたこの身の毛のよだつような、敵意ある生物たちがわたしはずっと嫌いだった。今こそ奴らを打ちのめせ！　今度はあいつらが窒息する番だ。自分の血にまみれ、その血でインディアンのような縞模様をつけながら、わたしは彼らの目の前で笑ってやる。そしてそのあいだじゅう、わたしの裂けた胸は血を吐き出し続ける。

彼らはもう背が立たない。泳ごうとしている。だが、どろどろとねばつく、湯気をたてる血潮ですでにぐっしょりと濡れた服が重た過ぎる。当然彼らは、もがき、大声を上げ、身もだえしながら引きずりこまれていく。白痴のようにひきつって体力を使い果し、すでにみんな沈み、溺れている。わたしは、わずかに残っている連中のところへ狂ったように突進し、あらん限りの力をこめて打ちすえ、頭を殴り、鰻か何かのように血の海に押し沈める。沈め、浮気女どもめ、沈んでしまえ！

突然、ショーは終る。にわかの稲妻が頭上を襲う。叉状の木のような、目もくらむ光が空いっぱいに輝き、空を走りながら火をつけていく。あっという間に空は一面の火の海となり、焼きつくされ、煙となって消えていく。空があった場所には何も残っていない。ただ、広大な、煤で汚れたキャンバスがあるだけ。テントの内側のようだ。街が、そしておそらくは世界全体がこの巨大なテントの中に閉じ込められ、太陽や月や星からさえぎられているのだから、当然光は不自然であり、妙な光景になっている。

どうして、自分が自由だなどと思ったりしたのだろう？ 本当は、この上もなく完全に罠にかかっていたのだ。わたしを切れ目のない輪の中に囲い込んだこの巨大な壁の様相はさらに幻影的なものとなり、ますます霧のようになっていく。しかし、だからといってこの壁を突き抜けたり、通り抜けたりすることが少しでも可能になるわけではない。それは絶対に不可能だ。ここを通り抜ける術はまったくないのだと、決して逃げ出せはしないのだと、悲しいことだがわたしにはよく分かっている。

永遠に閉じ込められる身なのだと思うとわたしは正気を失い、素手で壁を打ちこわそうと、爪でレンガをかきむしり、モルタルをはがす。恐ろしすぎる。わたしは、空を見ないで生きていけるタイプの人間ではないのだ。それどころか、一日に何度でも空を見ずにはいられない。星のように空の一部になりたいと心から願っているくらいだ。閉所恐怖症の冷たい指が冷ややかにわたしに触れる。こんなふうに閉じ込められているのは耐えられない。何とか抜け出なくては。

パニック状態に陥りそうになり、突然わたしは助けを求めて死にもの狂いにあたりを見まわす。だが、もちろんひとりぼっちだ、いつものように。通りには誰もいない。誰の姿も見えない。またしてもわたしは裏切られ、見捨てられた。今度は全人類から。車だけが音を立てて走り続けている。絶え間ない金属の奔流となって、車の滝が通りを流れていく。

そのエンジンの咆哮の中から、ひときわ大きな轟音があたり一面にとどろき渡る。耳を聾する騒音が雨あられとなって、爆弾のように耳の中で爆発する。雷のように響き渡るとどろきの中から聞こえてくるのは、悲嘆にくれた子供たちの泣きじゃくる声、責めさいなまれる犠牲者や麻薬を取り上げられた中毒患者たちの悲鳴、サディスティックな笑い声、精神薄弱者の叫び声、自殺に失敗した人間のうめき声——救急車やパトカーの狼の遠ぼえが、巨大なビルの暗い谷間から絶えず聞こえてくる、この非人間的な街の破局《カタストロフィー》のすべてだ。

どうしてわたしは、この暴力と孤独と残虐の悪夢に捕われているのだろう？　宇宙はわたしの心の中にのみ存在するのだから、わたし自身がこの場所をこのように忌まわしく、汚れたものに創ったのにちがいない。わたしは、わたしの心の中にひとりぼっちで生きており、ひとりぼっちのまま、自分が作った壁に閉じ込められ、押しつぶされて窒息しかけている。こんなことは耐えられない。自分が創り出したこの恐ろしく、忌まわしく、ぞっとするものの中で生きていくことなどできはしない。

この中で死ぬこともやはりできないというのも明らかだ。気がおかしくなり、逆上して、わたしはむやみにあちこちと突進し、狂人のように車の流れに飛び込み、力の限り壁に頭をぶつける。何も変わらない。何の変化が起こるわけでもない。戦慄は相変わらず続いている。世界が堕落し、厭わしいものであるためには、わたしにとってそう見えるということだけで十分だった。そして、わたしがもっと好意的な目で見るまでこの姿のままだろう――つまり、このようなことは絶対にないというわけだ。

したがって、この忌まわしい、胸が悪くなる世界への幽閉には終りがないことになる……。思考がぐるぐると輪を描く。絶望のあまり狂乱し、自分が何をしているのか分からない。もう、記憶していることも、考えることもできない。終身刑への恐怖でわたしは呆然となり、その恐怖が、我慢できない痛みのように体の中に感じられる。分かっていることはただ、この幻覚と恐怖の地獄から逃げ出さなければならない、ということだけだ。この残虐な監獄には、もう一秒たりと耐えられない。

わたしが発見した脱出方法がたったひとつだけだがあり、当然のことながら、わたしはそれを忘れてはいなかった。

そこで今、わたしは通りかかったタクシーに向かって狂ったように手を振り、中にころがりこむと、以前《もと》の住所を運転手に告げる。

ある訪問

ある暑い夜、一匹の豹がわたしの部屋に入って来て、ベッドの上のわたしのかたわらに横たわりました。わたしはうとうとしていたので、初めはそれが豹だと気がつきませんでした。柔らかい足の大きな生き物が家の中を静かに歩いている音を夢の中で聞いているような気がしました。厳しい暑さのために、家じゅうのドアを開け放してあったのです。しなやかな筋肉質の姿がベルベットのような足を静かに踏みしめてわたしの部屋に入って来るのが、暗がりの中で辛うじて見えました。ベッドの位置を先刻承知しているかのように、ためらうこともなくまっすぐ向かって来たのです。軽くひと跳ね。そして腕に、首と肩に暖かい息がかかります。この訪問客が、身を横たえる前にわたしの匂いをかいだのでした。それからしばらくして、窓からさしこむ月の光が抽象的なまだら模様を照らし出したときに初めてわたしは、並はずれて大きく、立派な豹がかたわらで長々と寝そべっていることに気がつきました。

彼の息はほとんど聞こえませんでしたが、深いもので、ぐっすり眠っているように見えました。厚い胸が規則正しくふくらんだりしぼんだりするのを眺めながら、わたしはそのゆるやかに伸びきった優雅な体としなやかな手足にうっとりとし、あらゆる野生動物の中で豹こそが最も美しいという日頃の思いをいっそう強く確信したのでした。目の前のこの実物を見ていると、頭蓋骨の構造がどこか奇妙に人間くさいことに気がつきました。大きな猫によく見られることなのですが、頭が平らではなくてむしろ丸みを帯び、その中ですぐれた頭脳が発達している可能性を示しているのです。彼を観察しているあいだじゅう、わたしは彼が放つ自然の香りを吸っていました。陽光と自由と月と踏みしだかれた木の葉の太古のにおいが、密林の植物の真夜中の湿り気をまだ残しているまだら模様の毛皮の涼やかな清新さと一体になった、そんな香りです。〝未知〟という霊気《オーラ》のごとく彼を取り巻いている、この人間のものではない香りは奇妙に魅力的で刺激的だと、わたしは気がつきました。

わたしのベッドは、この家の壁と同じように、頑丈な竹の上に棕梠の葉のござを張ったものなのですが、猛暑のときでもなめらかで冷んやりとした感触をしています。ベッドというよりもむしろ部屋の中にもうひとつ部屋があるという感じで、十二フィート平方ほどの広々とした台なものですから、わたしと豹とが楽々と寝られるだけのスペースがあったのです。その夜わたしは、暑い季節になってから初めてよく眠り、彼もわたしの横で静かに眠っているようでした。人類以外の種のこの力強い肉体とこんなにも近づいていることで、わたしは名づけようのない楽しい気持ちを感じていました。

夜明けのぼんやりした光の中、おうむが外でかん高い声を上げているのを聞きながら目をさましたとき、彼はもう起きて部屋から出て行ってしまっていました。外を見ると、家の前の、いつもきれいにしておく家とジャングルとの間のちょっとした空地に、彫像のようにじっと立っているのが見えました。出て行こうとしているのだと思いましたが、とにかく服を着て外に出ました。すると彼はまだそこにいて、濃くおい茂った草木の周辺を点検していました。やぶの中では、大きくて重たいサイチョウが騒がしくばたばたと飛びまわっています。

わたしは彼に声をかけ、家にあった肉をやりました。彼が口をきいて、どうしてやって来たのか、わたしに何をして欲しいのか話してくれないかと期待したのです。しかし、彼は大きな輝く目で思案ありげにわたしを見つめ、わたしの言うことが分かっている様子でしたが、答えてはくれず、一日中無言のままでした。ひとつ強調しておかなければいけないのは、彼の沈黙には強情なところや敵意ある様子は少しもなかったということです。わたしは彼が何も言わないことに腹を立てたりはしませんでした。それどころか、その自制した態度を尊敬しました。そして、いっこうに沈黙は破られないままなので、彼の声が聞けるだろうと思うことはあきらめました。代りに自分の声が使える口実ができたことに喜んで、わたしは彼に話し続けました。いつでも彼はわたしの話に耳を傾け、理解しているように見えました。

豹は、昼間はほとんどいませんでした。自然の餌を取りに出かけているのだろうとわたしは思っていました。しかし、たいてい、ときどき戻って来ましたし、遠くまで行っている様子はありませんでした。すぐ近くにいるときでも、木々の間にいる彼を見つけるのは難しいのです。身を保護するためのまだら模様が、野生の木々の枝の間からこぼれる陽光のまだら模様とそれは完全に混ざり合ってしまうからです。注意力を集中してじっと目をこらすと、ようやく背景との区別がつくのでした。深く陰になったジャングルの中の空地にうずくまっていることもあれば、その枝組織がもっとやわな木々や無数のつる植物、もっと小さい草木までをも支えている巨大なコウィカワの木の一本の枝ぞいに、途方もなく優雅に手足を伸ばして横たわっていることもありました。妙なことに、わたしが彼に目をやるとすぐさま、まるで見られているのに気がついたように彼が必ず顔をこちらに向けるのです。一度、いつもよりも遠く離れて、わたしの家からようやく見える浜辺にいる彼を見つけたことがありました。海を背景にぼんやりとした輪郭を見せて、彼は海の彼方に目をやりながら立っていました。しかし、そんな離れていたのに、わたしは彼の目の届く範囲内にいたはずではないのに、彼はこちらに顔を向けたのです。ときおり彼は不意に家の中にやって来て、音を立てずに早足で家じゅうを歩き回っては部屋から部屋へと突然に姿を現わし、そしてまた来たときと同じように謎めかしく不意に出て行くのでした。またあるときには、敷居に頭をのせて家の内側か外側で身動きひとつせず——ただし、その油断なく動いている目と、彼ほど感覚が鋭くないわたしには分からない様々な刺激に応えてひくひくしている鋭敏な鼻は別ですが——横たわっていることもありました。

彼の動作は常に静かで、優雅で、威厳があり、確実でした。そしてその大きな黒い瞳は、毎日の出入りの際、顔をあわせるたびごとに必ずわたしを認めるのでした。

　わたしは、この訪問客に喜んでいました。彼の沈黙は、彼がわたしを意識していることを隠すものではありませんでした。誰かを訪ねるために、あるいは近くの村で食料を買うためにジャングルの中を通って行くと、彼はどこからともなく現われてはわたしと並んで歩くのですが、必ず人家が見えてくる前に立ち止まり、自分の姿を人目にさらすことは決してしませんでした。夜はもちろん、いつでもベッドのわたしの横で眠りました。何週間かが過ぎていくにつれて、昼間彼がわたしと一緒に過ごす時間が長くなっていくようでした。仕事をしているそばで座ったり寝そべったりして、ときおり近づいて来ては、わたしがしていることを目をこらしてじっと眺めるのです。

　ところが、何の前触れもなしに、彼は突然出て行ってしまいました。事の次第はこうなのです。雨期に入り、寒い季節になっていました。空気がひんやりと感じられるある朝早く、ちょうど服を着たところに彼が部屋へ戻って来て、しばらくわたしにもたれかかったのです。昼間に彼がわたしに触れることはまずありませんでしたし、このように意識的に寄って来たのは初めてでした。何かをしてもらいたがっているのだろうと思って、わたしは彼に聞いてみました。彼は何も言わずにわたしを家の外に連れ出し、数歩行くごとに立ち止まってはわたしがついて来ているかどうか確かめながら、ジャングルに入って行きました。どんよりと曇った空は今にも嵐が来そうですし、木々の下は暗く、枝からは昨夜の雨の冷たいしずくが首筋やむき出しの腕にぼたぼたと降りかかってくるのです。彼がもっと奥までついて来てもらいたがっているのは明らかでしたので、コートを取って来るわと、わたしは彼に声をかけました。

ですが、彼は気がせいていて待てない様子で、ベルベットの毛皮に包まれた鋼鉄製の両肩をピストンのように突き出しながら、大またで飛ぶように進んで行くのです。わたしは渋々後を追いました。滝のような雨が降りはじめたかと思うと、五分もたたないうちに地面は泥沼と化し、一歩進むごとに足が沈んでしまいます。わたしはもうずぶぬれになってがたがた震え出していたので、歩くのをやめ、もうこれ以上は行かれないわと彼に言いました。彼は振り返ると、不可解な表情を浮かべながら、長い間その澄んだ瞳でじっとわたしを見つめていました。それからその美しい顔は向こうに向き直り、まだら模様の毛皮の下で筋肉がすべり、盛り上がったかと思うと、彼は輝く雨のカーテンをいっきに飛び抜けてあっという間に姿を消したのです。わたしは大急ぎで家に引き返して、乾いた服に着替えました。夜になるまでは彼に会えないだろうとは思っていたのですが、それどころか彼は二度と戻って来ませんでした。

豹が訪ねてきてそして帰ってしまった後、面白いことは何ひとつ起こりませんでした。わたしの生活は、仕事と取るに足らぬ平凡な出来事の連続という以前の決まりきったリズムに戻りました。雨期が終り、いつの間にか冬が春に移っていきました。太陽と自然の世界はそれは楽しいものでした。豹は戻ってくるつもりにちがいないと確信していたので、わたしはしょっちゅう気をつけていましたが、彼はこの時期には一度も姿を見せませんでした。ジャングルの上の空が雲ひとつなく澄みわたる頃、色とりどりの蘭の花が咲きはじめました。わたしは数少ない知人に会いに行きました——わたしの家にやって来る人間はほんの少しなのです。豹のことは一度も話題にのぼりませんでした。

日ごとに暑さがつのり、ガラスのように澄みきった夜明けが毎日続くようになりました。野生の白いジャスミンの催淫的な香りが空気中に漂います。娘たちはこの花で花輪を作り、首や髪に飾るのです。わたしは家の壁に大きな壁画を新しく何枚か描き、それから彩色した貝殻のモザイクでテラスを作ることを始めました。何カ月もの間、豹に会えることを心待ちにしてきたのですが、何の気配もなしに時が過ぎていくにつれて、わたしは次第に希望をなくしていきました。

やがて蒸し暑い季節がめぐって来て、家をひと晩じゅう開け放しておくようになりました。他の時にもまして、夜、眠りにつく前に豹のことが頭に浮かぶのです。そして、そんなことは起こりっこないと分かりきっているのに、目がさめたら横にまた彼がいるのだというふりをしてみました。暑さのために根気がなくなり、モザイク造りの進行は遅々としたものでした。こういう仕事をするのは生まれて初めてなために必要なだけの貝殻の総数を見積もることができず、材料がなくなってしまってわざわざ海岸まで貝殻を拾いに行かなければならないことがしょっちゅうでした。

ある日海岸に出ていたとき、大きな白波の波がしらにまっすぐ立って、岸に向かってやって来る若い男性の姿が海の向こうに見えました。赤いマントが風になびき、彼のうしろからはペリカンの群が一列になってもったいぶってばたばたと飛んでくるのです。気味の悪い供を連れたこの見慣れぬ人間が、船一隻通らぬ海からたったひとりで近づいて来る光景はそれは妙なものだったので、わたしの頭はすぐに彼を豹と結びつけてしまいました。二人の間には何か関係があるにちがいありません。わたしに知らせを持って来てくれたのかもしれません。彼がさらに近づいて来たので、大声で挨拶し、質問したら、彼は返事をしてくれました。ところが波の音がうるさいのと二人の間が離れ過ぎているのとで、彼の言っていることが分からないのです。浜まで来て話をしてくれるのかと思いきや、彼は突然向きを変え、また沖に向かって進んで行き、波しぶきの中に消えてしまいました。わたしは途方にくれ、がっかりしました。でも貝殻を持って帰り、いつもどおりに仕事を続け、そのうちにこの出会いのことは忘れてしまったのです。

しばらくして、日暮れどきに家に帰って来たとき、屋根の一番高い所にとまっているペリカンの姿を見つけて、わたしは海の若者のことを思い出しました。ペリカンがこんな所にいるとは驚きでした。普通、ペリカンは海岸を離れないものなのです。こんなに内陸までペリカンがやって来たのを見るのは初めてでした。この鳥は豹と関係があるのだ、きっと彼からの伝言を運んできたのだ、という考えが突然頭に浮かびました。ペリカンをもっとこちらにおびき寄せるために、わたしは台所から小魚を一匹見つけてきて草の上に置きました。ペリカンはすぐさま舞い降りてくると、大きな体の割に驚くほど素早く、器用に、魚をくちばしに突き刺すとそのまま飛び去ってしまったのです。わたしは大声で叫び、鳥の飛んで行った先を目をこらして見やりました。しかし、わたしから遠ざかってジャングルの木々の上を飛んで行く大きな翼がちらりと見えたかと思うと、熱帯の暗闇の漆黒のとばりがあっという間もなく突然に降りてきたのでした。

このエピソードの終りはこのように要領を得ないものでしたが、また豹に会えるという希望をよみがえらせてくれました。しかし、それ以上の進展は何もありませんでした。ふだんと違うことは何ひとつ起こらなかったのです。

相変わらず、煮えたぎる空の下で大地がうだっている季節のことでした。午後になると待ちに待った貿易風が部屋から部屋へと吹き抜けて涼しくしてくれるのですが、風がやんだとたんに家はますます暑く感じられるのです。今までは、訪ねてきてくれた豹のことを思い出してはいつもノスタルジックな喜びに浸っていたのですが、彼が戻ってくるという希望をついに捨てた今となっては、思い出は喜びどころか悲しみしか呼び起こしてくれません。

ようやくモザイクが完成し、それは見事なできばえでした。美しいまだら模様の毛並みで、顔は人間の顔をした気高い動物が図柄の中心から誇らしげにこちらを見つめているのです。黄色い貝殻の縁取りをまわりに飾る必要があると思い、わたしはまた海岸まで出向きました。そこらじゅうにダイヤモンドをまき散らしたような輝く青い海からの照り返しのために、海岸の日ざしの強さは強烈なものでした。熱い風が髪の中を吹き抜け、砂を舞い上げ、海一面をとどろき砕ける波に変えました。その上を、もうもうとしたきらめく水しぶきを浴びた海鳥の群が鋭い声を上げながら飛んでいきます。しばらく貝殻をさがしたのですが、一所懸命だったのと暑さとの両方で目まいがしそうになって体をまっすぐに立て直しました。そのときです。強烈な色と恐ろしいほどのまぶしさに目がくらんだとき、前に見たあの若者が、翻る赤いマントを鮮やかなエメラルドグリーンの波の上にはためかせながら、蜃気楼のように再び姿を現わしたのです。そして今度は、ゆらめく光のもやを通して、豹が彼と一緒にいるのが見えました。堂々として、実際よりも大きく見える姿で、まるで海が固いガラスであるかのように優雅に進んで来るのが見えたのです。

彼に呼びかけると、とどろく潮騒の中でわたしの声が聞こえたはずはないのに彼はそのすばらしい顔をこちらに向けて、ジャングルの中で最後に見せたのと同じ奇妙な、不吉な目つきで長いことわたしを見ていました。あのときの雨が今は輝く水しぶきの虹に代っているだけです。わたしは水際まで急ぎましたが、頭上に迫ってくる波のあまりの巨大さに脅かされて突然立ち止まってしまいました。わたしは泳ぎが得意ではありません。この迫り来る巨大な水の壁に挑むのは正気の沙汰ではないように思われました。みじめにも骨という骨が全部折れた姿で海岸に投げ上げられてしまうでしょう。炸裂するとどろきで耳は聞こえず、海水のしぶきで目もほとんど見えず、海岸全体が、渦巻き、きらめく、まばゆい光と化しました。その中でわたしは海に浮かんだ二つの姿を見失ってしまいました。そしてこの二人がふたたびはっきりと目に映ったときには、彼らは向きを変えて陸に背を向けていたのでした。もうはるか彼方にいて、どんどんと遠ざかって行きます。一秒ごとにその姿は小さくなり、太陽と波の強烈な、目もくらむような輝きに照らされて今にも消えそうな小さな小さな点になりました。

彼らが見えなくなってしまっても、わたしは長い間その場に立ちつくして荒れ狂う海を見つめていました。この海に船が走っているのを見たことは今までにも一度もありませんでしたが、今この海はこれまで以上に虚ろで、さびしく、そして荒涼としているように見えます。わたしは消沈と失望のために体が麻痺してしまい、拾い集めてあった貝を力をふりしぼって手に取り、家に持ち帰るのがやっとでした。

これが豹を見た最後でした。その日から、豹の消息はまったく耳にしていません。若者のこともです。少しの間、海の近くに住んでいる村人たちに尋ねてみたものでしたが、赤いマント姿で波に乗って走る男のことをぼんやりと覚えていると答えた人も中にはいました。しかし、その人たちは最後には必ず曖昧で不確かになり、矛盾したことを言い出すので、時間の無駄だということが分かりました。

豹のことは誰にもひと言も話しませんでした。動物園やサーカス、映画やテレビなどからはるかに離れたこのような荒れ地に住み、豹とは似ても似つかぬ動物ですら見たことがないこの純朴な人たちに豹を説明するのは難しいことです。この地にはいかなる種類の食肉動物も大きい獣も、そして獰猛な獣も棲息していないのです。だからこそ、何も恐れることなしにひと晩じゅう家を開け放しておけるわけなのです。

平穏無事な毎日が続き、日々の単調さを破るようなことは何も起こりません。豹が訪ねてきたことを忘れてしまっているときもたまにはあるでしょう。いえ、実のところ、夜、眠りが訪れるのを待っているときは別として、彼のことを考えることはめったにありません。それでも、ときおり彼が夢に現われて眠りを妨げ、わたしを不安でさびしい気持ちにさせるのです。目がさめたときに夢を覚えていることは一度もないのに、その後何日間にもわたって、防ごうと思えば防げた、そしてその非はすべて自分自身にある喪失の漠然とした苦さにわたしは打ちひしがれてしまうように思われるのです。

霧

いつでもわたしは、スピードを上げて車を走らせるのが好きだった。だが、その日はいつもほどにはスピードを出していなかった。ひとつには霧がかかっていたからだが、もっと大きな理由は、ゆったりと満足し、穏やかな気分なので突進する必要がないということだった。もちろん、この気分は注射によるものだ。しかし、霧とフロントガラスのワイパーとにも何か関係があるようにも思われた。わたしはひとりだったが、揺れるワイパーが連れとなり、半円を描いてガラスを拭いながら精神安定剤の役目を果してくれたので、わたしはまるで眠りながら運転しているような、そこにいないような気分にさせられた。さらにまた霧も手を貸して、窓の外の世界をかすませたので、それはぼんやりとして、非現実的に見えた。

その連中も他のものと同じように非現実的に見えたのだった。踏切を渡りきったちょうどそのとき、彼らが前方に現われた。長髪で風変わりな服を身にまとったティーンエイジャーのグループが、手をつないだり、お互いの腰に腕を回したりして、笑い、語らい、歌いながら歩いていたのだ。みんな有頂天になっているのは明らかだった。いつもだったら、こういう連中がわがもの顔をして道いっぱいにぞろぞろと歩いている光景はわたしをいらいらさせただろう。わたしがしばしば憂鬱で不安でさびしい気持ちになり、しかも話したり、一緒に笑ったりする相手が誰もいないというのに、彼らがこんなにも自信に満ちていて、ゆったりとし、楽しそうだということに腹を立てただろう。だがこのときは、彼らに心をかき乱されることはなかった。現実のものではなかったからだ。彼らは道をあけようともせず、それどころかわたしに停まるように合図さえしたけれども、わたしは完全に冷静かつ客観的なままだった。

濡れて蛇のような房になった白痴的髪の毛に囲まれた彼らの愚かな顔を、わたしは無関心のまま見つめた。にやにやと笑っている顔はどれも霧のために濡れて光り、どの口も白い息をもうもうと吐き出しながら開いたり閉じたりしている。彼らを見ているうちにわたしは、日本の竜の面や、アンソールの絵のいくつかに描かれた人間に似た悪魔の仮面の顔を思い出した。霧の中からしかめ面を見せているこれらの顔は、仮面の持つ、本当は生きていないのだが歩いたり話したりするものの持つ、どこか無気味な冷たさと似たものを持っていた。彼らが人間ならば、わたしは不快に感じただろう。だが、彼らは人形《ダミー》に過ぎないので、わたしは彼らに対して何の感情も抱かなかった。わたしの無関心は変わらなかった。強いて言うならば、ただ、彼らを見ていたくないということだった。

もちろん、彼らをひとりでも乗せるつもりなどなかった。しかし彼らが道をあけなかったので、わたしは機械的にアクセルから足を離してブレーキを踏もうとした。だがそのとき、〝どうして？〟という考えが浮かんだ。彼らは現実のものではない。これは何ひとつ現実のことではないのだ。わたしは本当はここにはいないのだし、したがって彼らもここにいるわけがない。本物の生きている人間のように彼らを扱うなんてばかげた話だ。そこで、わたしはまたアクセルに足を戻した。彼らは、わたしが夢の中で見ている不快な仮面の群に過ぎないのだ。わたしは完全に客観的かつ冷静であり、ほんの少しの感情も、いかなる種類の心情も持ち合わせていなかった。

人形《ダミー》が一体、わたしのすぐ近くにまで寄って来た。霧を通して、わたしの顔と向かい合った、彩色した仮面の顔が見えた。まっすぐにわたしを見つめている。口と目が徐々に大きく開かれ、まるで〝信じられない〟という表情のグロテスクなカリカチュアだ。そのとき衝突音が起こり、あたかもそうすることが何らかの災害を――正確に言えば取るに足らないと思われる災害を――防ぐために必要な行為であるかのように、わたしは両手でハンドルを固く握りしめた。

事は、はなはだしく長びいた。発情期の猫が出すような、奇妙なぎゃあぎゃあという声がだらだらと続き、ぼんやりとしたものの影がいくつも、そこいらじゅうに倒れた。ようやく事態がおさまったので、わたしは何事もなかったように運転を続けた。本当に何事もなかったのだから。わたしはそのことを考えもしなかった。考えることなど何もなかった。わたしは霧の中を、落ち着き、注意深く走り続けた。フロントガラスのワイパーは規則正しく左右に揺れて、存在していないというあの穏やかな、夢のような感覚をますます強めてくれた。

霧がかかった曲がりかどに、不意に幻影がぼんやりと現われ、道を渡って転がって来た。我々二つの実在しないものの衝突を避けようという考えはわたしの頭に浮かばなかった。最後の瞬間に車の向きを変え、かすりながらも巨大なトレーラートラックとすれ違うことができたのは、反射運動のおかげだったにちがいない。運転手のどなり声を無視してわたしはまた走り続け、時速三十五マイルから四十マイルのあいだで車を走らせたがそれ以上は出さなかったし、これといって何も考えなかった。ワイパーは揺れ、霧で何もかもぼんやりとしていた。

こんなにも超然とし、こんなにも落ち着いた気分でいるというのはすばらしく心がなごむことだった。しかし、やがてうんざりとしてきた。何もかも、相変わらず続いている。霧にフロントガラスのワイパーにわたしの運転。まるで車の停め方が分からず、ガソリンタンクが空になるか、道路が終りになるまで運転していなければいけないような感じだった。

そんなわけで、パトカーに停車させられたときは本当にほっとした。わたしは車から降りて道に立ち、何の用かと尋ねた。わたしが酔っていないことは彼らにも一目瞭然だし、それに危険な運転をしていたわけでもなかった。巡査部長が署まで来てくれないかと言うので、わたしは同意した。実際には存在していないのだから、自分の居場所などわたしにはどうでもよかった。警察署にいるのもどこか他の場所にいるのも同じことだ。彼らは車を調べたがり、わたしは反対しなかった。何も見つかりはしない。注射器と薬の残りはハンドバッグの中だ。連中が終るのを待っている間、わたしは窓の外を見ていた。外はもう暗かった。明かりが近づいて来て、霧の通りに黄色く輝くのをわたしは見つめていた。

四方の壁に小さな活字の掲示がはられ、自転車が二台立てかけてある、狭くて寒く、煌々と明かりがついた部屋で、警部がひとりでわたしと面接した。わたしたちは、黒い合成樹脂でおおわれた机を挟んで固い木の椅子に座っていた。わたしはコートの襟を立てたままだった。彼は、そのがっしりした肩がなぜか造りものに見える大きな男だった。子供たちがハンガーと棒きれとクッションを詰め込んだ服とで作る人形をわたしは思い出した。彼の顔はまがい物で、ボール紙か混凝紙でできた面に緑の目を書いたものだった。強い光の中で、その目がぼんやりとこちらを見つめているのが見えた。何の表情も表わさずに、わたしの髪を、時計を、スエードのコートを虚ろに眺めている。

もし何か見ているのならいったい何を見ているのだろうと思いながら、わたしはその目を静かに、冷淡に見つめ返した。明らかに、彼は本物ではない。彼は見せかけに過ぎず、わたしは彼を夢の中で見ているのだから、彼はわたしの心をかき乱すことはできないのだ。

これが、わたしが考えていたことだった。わたしは完全に冷静かつ客観的であり、踏切での事故を見なかったかと彼に尋ねられたときでさえ、ほんの少しの感情も持ち合わせていなかった。

部屋が寒いので、彼が話をしている間、白い息が彼の前に吐き出されていた。つかの間、ろうそくが中で燃えている恐ろしいハロウィーンのかぼちゃ提燈のように霧の中で揺れていたあの仮面の、白い息を吐き出す口を見ているように思われた。彼のうんざりするプロレタリアート的顔は、あの連中の顔と同様に非現実的で人間以下のものに見えた。彼は、決して人間ではないが口をきくものの持つ、どこか気味の悪い冷たさと似たものを持っていた。彼らが本物ならば、わたしは不快に感じただろう。だが、彼は人形《ダミー》に、代用品に過ぎないので、人形や代用品が与えうる以上の影響をわたしの無関心な態度に与えることはできなかった。わたしは彼に対してまったく何も感じていなかった。わたしは無関心だった。強いて言うならば、ただ、彼と向かい合って座っていたくないということだった。「いいえ、何も見ませんでした」わたしは答えた。もちろん、彼に話すつもりなどなかった。何か話すことがあったというわけではない。これは何ひとつ現実のことではないのだ。本当に起こっていることであるわけがない。

「我々の捜査に力を貸していただけるかもしれないのですがね」

何と答えたら良いものか分からなかったので、わたしは黙っていた。何が起こったのか知らないのに、どうして力を貸すことができるだろう？　彼は片方のポケットを、それからもう片方のポケットをまさぐり、プレイヤーズを一箱取り出すとわたしに差し出した。彼の手は、労働者の手のように大きくてがっしりとし、しょっちゅう使われているような手だった。「結構です。喫いませんので」わたしは、バージニア煙草の強い、むっとするほどの匂いを不快に思いながら吸いこんだ。

「どうしてです？　悪習には染まらんというわけですか？」一瞬、彼は微笑を浮かべそうになった。どうしてだろうとわたしは思った。彼は何かのふりをしている。彼の大量生産された作り物の顔をわたしは無関心のまま、黙って眺めていた。彼の目には光のきらめきが、生気がなかった。知性とか表情などまったく見られぬ、平たい緑色の石だ。わたしは机に両ひじをついた。事は、はなはだしく長びいている。うんざりしてきた。わたしは時計を見た。

婦人警官が盆を持って入って来ると、それを机の上に置いてまた出て行った。わたしは、警部が差し出した厚手の白いカップを受け取り、紅茶を少し飲んだ。いや、コーヒーだったかもしれない。霧のために、喉が少しひりひりしはじめていた。

「おひとつ、いかがです?」わたしは、彼の職人のような手から、何もついていないビスケットののった皿へと目を移し、首を振った。彼はビスケットを、一枚取ると二つに割り、二口で食べてしまった。わたしはカップを机に置いた。

彼が言った。「踏切で人が死んだんですよ」

彼が顔をしかめたので額に深いしわが三本よった。彼の目はすぼまり、半開きになった。一瞬、霧の中を漂うティーンエイジャーの仮面がまた見えた。その中のひとつがすぐ近くまで寄って来ると、滑稽なまでに大げさな、「驚いた」あるいは「信じられない」という表情をしてわたしの顔をまっすぐに見つめた。机の向こうの仮面の顔は、わたしにしかめ面をしていた。わたしが何か言うのを彼が待っているのは分かっていたが、何も言うことはなかった。仮面がひとつ動きを停められた。だからどうだと言うのだ? 仮面は人間ではない。無意味なのだ、取るに足らぬものなのだ。すべてのことが本当ではないのだ。

彼はカップをまたいっぱいにした。カップから湯気が上がっている。その湯気の中から、まるで霧の中のように、彼の型にはまった、イミテーションの顔がわたしの前に漂ってきた。緑の目は今は大きく開かれており、わたしをまっすぐに見つめてはいるがぼんやりとしている。おそらく何も見ていないのだろう。彼の目はほとんど何も見えないようだった。彼のがっしりした肩が霧の中からぼんやりと現われた。彼は、詰めものをした服と傘とで作られた人形だ。本物ではない。彼が人間ではないので、わたしは何の感情も抱かず、完全に無関心のまま彼を見つめることができた。強いて言うならば、ただ、彼を見ていたくないということだった。わたしは顔をそむけた。

夜が近づくにつれて、外では霧が深くなっていた。喉に霧の冷たさがひりひりと感じられた。窓の外では、霧がガラスにぴったりはりついている。一瞬、霧にかこまれた冷たい独房に捕われているような気がした。だが、本当はわたしはここにはいないのだ。今のこの状況は何ひとつ現実のものではないのだから、この部屋も現実のものであるわけがない。四方の壁の固そうな外観も幻だ。現実には、これは何もない空間からできており、無限の虚空に存在する分子間の力の場なのだ。それでも、わたしはどこか別の場所にいたかった。

わたしは相変わらず穏やかな気分だったが、この平安をおびやかすものがはるか彼方に存在することにうっすらと気がつきはじめていた。彼がこう言うのを聞いて、わたしはそれを心の中から追い出した。「考えて下さい！　道で変わったことは何も見なかったというのは確かなんですか？　けがした人間など見なかったというのは？」

「前にお話ししたとおり、わたしは何も見ませんでした」

「しかし、事故のすぐ後であなたとすれ違ったと、トレーラーの運転手が言っているんですよ。絶対に何かご覧になっているに決まってます」

彼の声は前よりも鋭く響いた。まるで本当に生きているみたいに彼がわたしのことを鋭い目で見たような気がした。だが、わたしの視線が彼のほうに向いたとき、仮面は前と同じだったし、目も前のように半分閉ざされ、しかめ面をしたにせの顔に平たく描かれたものだった。

「トレーラーの運転手って何のことです？」わたしは尋ねた。「おっしゃってることが分かりませんわ。すべて間違いで、わたしはあなたがたが捜している人間ではないのだということがお分かりじゃないんですの？」

　わたしはまた時計を見た。彼はわたしの言ったことに答えていなかった。彼が光った黒い表紙の小さな手帳を調べはじめるのをわたしは見ていた。わたしは相変わらず平然と無関心のままで、超然と孤立していた。しかし、心をかき乱す疑念がどこかに忍び寄っていた。この状況が永久に終らないのではないかと思われはじめてきた。そして、わたしの超然とした態度が果てしない状況が終るまで持ちこたえられるのかどうか、わたしには定かではなかった。彼が小さな手帳のページをめくるのを眺めていると、わたしはまたはるか彼方の脅威に、遠い水平線上の黒い雲に気がついた。

「運転手が車のナンバーをひかえていたんですよ」彼はさがしていたものを見つけ出して、何かの数字を読み上げた。「これはあなたの車のナンバーですね？　これで、間違いなぞありっこないと納得いただけたでしょう。そして、我々が捜しているのはあなたなんですよ」彼は突然体を動かして机の上に身を乗り出すと、顔をわたしの顔のすぐ近くまで持ってきたので、本能的にわたしは、むっとする煙草の煙とめったに手入れされない重たい服の匂いにアルコールのかすかだがもっと鼻をつく吐き気を催す匂いが混ざった、そんな匂いから顔を離した。

「もう本当のことを話していただけるでしょうな」彼の声の調子は驚くほど新しく、断固たるものだった。虚ろで表情がなかった目に突然生気があふれていた。愚鈍な警官人形の顔が不意に本物の威嚇的な顔に見えた。

彼が立ち上がって机を回って来るのを見ていると、黒い雲が近づいて来るのが感じられた。今や彼の視線と動作には冷ややかなわざとらしさが満ちている。不吉にも彼はわたしの上に立ちはだかった。その大きくてがっしりした労働者の手がちょうどわたしの目線の中に入った。黒ずんだ制服のためか黄色がかっており、不吉に力強く見える手だ。彼の詰め物をしたような肩が少しずつ、不吉に、わたしのほうにかがまってくる。近づきすぎだ。彼なんか見たくない。わたしは彼から目をそむけて、窓の外を眺めた。

霧の匂いがした、味がした。霧で喉がひりひりした。外では、日の光が急速に薄れていった。通りにはまったく人影がない。他の通りからも車の音は聞こえてこない。低くて汚れていて霧の立ちこめた天井が、町の光を薄ぼんやりと反射させながら上からのしかかってきた。霧そのものは恐ろしく深くなり、濃い胆汁のような黄色に変わってまるで吐瀉物のようだった。窓ガラスは、霧を室内から閉め出しておくことができなかった。霧が何本もの水平な線となって空中に漂っているのが見え、そこを通して明かりが鈍く黄色に光っていた。

一瞬、わたしはまた捕われているような気になった。今度は、霧よりも暗く、命にかかわるものだ。相変わらずわたしは存在していなかった。だが、注射による平静さが次第に薄れつつあったし、状況と完全に一体になったわけでもないのに、どこかに潜んでいる何らかの脅威の存在を無視することが難しくなりつつあった。超然とした態度を失いかけているとわたしは思った。そうなれば何もかもが耐えられなくなる。

つまるところ、これはどういうわけかわたしに関係あることなのだ。ただ、わたしには、霧のためにどうしてだか分からなかった。霧はあらゆる所に立ちこめていた。わたしの頭の中にもあった。わたしは、何が起こっていたのかまったく分かっていないらしい……覚えていないらしい……何が起こっているのかまったく理解していないかのようだ。自分は出来事との接触を失い、出来事を制し切れなくなった、という感じがした。その間にも、毒ガスに似た何か黒い雲のようなかたまりがわたし目がけて押し寄せていた。

わたしは突然逃げ出したくなった。手遅れにならないうちにだ。この状況から抜け出るためには、すぐに行動に移らなければいけないということは承知していた。だが、物事が非現実的に見え、わたしが本当はここには存在していない間は、行動に移ることはできない。だから、まずしなければいけないのは、自分は存在していない、切り離されているのだと思うのをやめることだった。突然、わたしはどうしても目をさましたくなった。眠りの中でここに座っているのではなく、どこにも存在していないというのではなく、本当にここに存在したいと思った。

しかし、もう遅すぎたようだ。この状況から逃れることはできないのだとわたしは悟った。黒い雲が部屋中にひろがり、わたしは霧と一緒に毒も吸いこんでいた。むっとする煙草の煙とアルコールの匂いとの有毒な混合物を吸っていた。

そしてわたしはあたりを見まわし、即座に、起きたいと願うことをやめた。警部が相変わらず恐ろしいほど近くに立っているのが見えた以上、ここで目覚めるなぞわたしが最も望まないことだ。もはや彼は生きていない人形《ダミー》やありふれたボール紙の面ではなく、わたしに対してぞっとするほどの力を持った邪悪な人間だ。じっと見つめたその緑の目は冷たく、無慈悲で、鋭いものに変わっており、その顔は不吉なまでに生きている本物の顔で、非難の顔つきをし、間違いなく威嚇的なものだ。

わたしが望むことといえば、ぐっすり眠ったままでいられるように、すべてのことが前と変わらぬままで進行すること、ただ虚空にあいた穴のような存在になること。ここでだろうがどこだろうが、可能な限り長く——望むらくは永久に——存在しないことだ。

実験

わたしがこの赤と白の部屋が好きなのは、これが完全にわたしのもの、わたしひとりのものだからだ。わたしはこの部屋を誰とも共有していないし、わたしがこの部屋を設計して色調も自分で考えたのだ。穏やかで落ち着いた冷たい白は、はるか彼方の純白の、雪をいただいた山々を思い出すためのもの。赤は白と対照をなし、愛と薔薇を、危険、暴力、血を表わすためのもの。

このベッドは快適だし、見た目も良い。ここは居心地の良い場所だが、それはこの中ではひとりきりになれるからだ。どうして、不似合いな男がいつでもこのベッドの中にいなければいけないのだろう？　昔、わたしはよく思ったものだった。あるときは、テクニックがまるでだめなトーキルだった。そのつぎは、同じようにエロティシズムに欠けたやり方しか知らない男たち。そして今いるのはオブローモフだ。彼は終日わたしの存在を無視し、夜はわたしを放ったらかしにするのだが、それでも深夜に帰って来てはわたしのベッドに入りたがるので、彼を遠ざけておくために、二人は別々の部屋で寝るようにと精神科医からしつこく言ってもらわなければならなかった。あれほど不親切なふるまいをしておきながら、わたしに心良く迎え入れてもらおうとは、何と厚かましい男だろう。

彼はわたしに言語道断な仕打ちができ、しかもわたしのベッドに入る権利があると思っているらしい。しかしわたしは、もう彼には何の魅力も感じないとはっきり言ってあるのだ。それどころか、最近では彼が心底うとましく感じられるのだ。

だが、かつては彼を喜ばせることがわたしの喜びだった。そしてある意味では、わたしは今でも彼に愛着を感じているらしい。もっとも、おそらくこの愛着は、彼に対してと言うよりもむしろ性行為（これは二人の間でよく行なわれたものだから）に対してだろう。

性的快感が思いやりのある愛情と結びつき、そして当事者の間に何らかの類似性が存在するとき、まったく異なった状況下でも存続するある神秘性が生まれるのだ。

他の人間とでもこうなるのだろうか――記憶に残っていた快感が自然によみがえり、一番初めに彼に呼び起こされた感情が誰か他の人間のときに自動的に繰り返して起こったとしたら？　こういうことがあるかどうか確かめるために、ささやかな実験をしてみようとわたしは思う。少なくとも時間つぶしにはなるだろう。そして、たとえ実験が不成功だったとしても、この静かでさびしい家で毎晩耐えねばならぬ空虚と孤独よりはましだ。何度か会ったことがあるあの美男のスカンジナビア人なら、間違いなくわたしの実験に喜んで協力してくれるだろう。事を始める最初の機会を捕えることにしよう。

「恋人はたくさんいたの?」彼はわたしのほうを見ないで尋ねた。「いつでもここに来させるの?」わたしは答えなかった。彼はわたしの部屋の中をうろうろしながら、詮索するように、疑い深げにすべてのものを眺めていた。よそから運ばれてきて見知らぬ場所に放された動物のようだ。「危険じゃないの?——部屋が別々だとは言ってもさ?ご主人に見つからないかって心配じゃないの?」わたしはうんざりした。彼はあれこれ聞きすぎる。彼がうろうろするのを眺めていて、わたしは、彼が猫のように神経質になって顔をしかめているのに気がついた。彼が片手を上げて無意識のうちに爪をかみはじめたとき、事態が突然不快なものに思われた。こんなことを始めなければよかったとわたしは思った。手遅れにならないうちにすべてのことをやめにしたかったが、どういうわけかそう努力することができなかった。

窓の外では、なだらかに続く緑の丘を背に、楡の木々の梢に鳥の巣が乱雑なまでにいっぱいかかっている。この光景はわたしにはおなじみのものだ。毎日何回も見ているのだから。しかし、今わたしが見ているのはその光景そのものではなく、それをリアルに描いた絵に近いものだ。このためにすべてのものがいささか奇妙に見える。外のものは何ひとつ本物に見えない。

男もやはり本物ではなかった。よそを向いている間に消えてしまわないかと、わたしは半ば念じていた。しかし、振り返ってみると彼はまだいて、相変わらず猫のようにうろうろしていた。おそらく六回ほど会ったことがある若者、まったく知らない人間だ。わたしは頭がおかしくなっていたのにちがいない。もちろん、彼と愛を交わすことは、特別な類似性が必要なあの記憶に残っている行為とは似ても似つかぬものだ。これはわたしの側の愚かな失敗だ。実験などというものではなくて、わたしがなしとげなくてはならないものにすぎない。

「カーテンを閉めたほうが良いんじゃないかな?」彼は前よりもいっそう顔をしかめてお

り、彼の手はすでに堅い赤のフェルト地のひだ山に伸びていた。彼の尖った神経がいらだっているのがわたしには分かった。そういう感情は自分でコントロールするべきなのに。「よそからは何マイルも離れているのよ。それに見てる人がいたとしたって、中までは見えっこないわ」「怖いんならおやめなさい」こう言い足そうと思ったが、わたしにはできそうにもなかった。彼はわたしを疑うように見つめ、それから、窓からずっと離れた所でゆっくりとぎごちなく上着を脱ぎはじめた。

わたしはバスルームへ行くとドアを閉め、注射器を取り出して薬を入れた。針は楽に、痛みなくすぐに刺さった。わたしは鏡をのぞき、太ももの傷跡を調べた。初めてこれを見たとき、他人は不快に思うだろうか。今度のあの男のことを気にしているわけではない。それにどのみち、傷跡はたいして目立つわけではない。ときおりにきびなどで顔に残る跡ぐらいのものだ。

寝室に戻ると、柔らかいルビー色の光があふれていた。「じゃあ、やっぱりカーテンを閉めたわけね」たぶんこのほうが良かったのだ。これでもう彼には傷跡が見えないだろう。彼はすっかり服を脱いで、ベッドに横たわっていた。彼はベッドカバーをはずしていなかった。注射の効き目があらわれるのを待つ間、わたしはこの知らぬ人間の体を観察した。肌はとても白く、思ってもみなかったほど毛深かった。毛は、思ってもみなかったほど黒くて堅く、雪の中の樅の木のように立っている。それからわたしは彼の服に気がついた。椅子の上にたたんで置いてあり、上着とズボンは背にきちんと掛けてある。明らかに彼にはある種の整理能力があるのだ。ならばどうして、ベッドカバーをはずすことを考えなかったのだろう？

「おいでよ。どうしてそんな所に立ってるのさ？」彼は手を伸ばしたが、わたしに触れる前にその手をおろした。わたしはベッドの彼の横に上がると、詰め物をした頭板に寄りかかり、彼のへその上から進んで行って、胸骨から降りてくる一列縦隊と出会う樅の木の列を見つめた。樅の林が胸と太ももに広がっている。北国の人間がこんなにも毛が黒いというのは奇妙なことに思われた。だがそのときは何もかもが奇妙に思われたのだった。彼は妙な様子で黙ってわたしを見つめていた。まるでわたしが今とは異なる行動をすることを待っているようだ。何をすると思われているのだろうかとわたしは思った。同時に、これは何ひとつ本当のことではないという感じがした。

「どうしたの？　心配なら教えてあげるけれど、妊娠することはないわよ。それとも、続けたくなくなったの？」すべてのことをやめにしたいという衝動的感情は相変わらず強かったが、漠然とした非現実感が抑止力として働いていた。その上、二人とも服を脱いでしまった今となってはもう遅すぎるように思われた。彼が言った。「この家にいると神経がぴりぴりしてくる。つまり、ご主人のことなんだ。不意に入ってきたりしたらどうするの？」

「そんなことないもの」

「どうして分かるの？」

「午前二時、三時に帰ってくることは絶対にないからよ」

「どうして？　そんなおかしなことって……。いったい、彼はその間じゅう何をしてるの？夜は働いてないんだろ？」わたしは何も言わなかった。彼の質問はわたしの神経にさわった。懸念と好奇心が入り混じった態度はむしゃくしゃするものだった。いや、もしわたしがこれほどまでに超然として退屈に感じておらず、事態の外側に身を置いていなかったとしたら、むしゃくしゃするものだったろう。やめることが不可能ならば、できるだけさっさとすませてしまいたかった。事は、わたしとは関係がないように思われた。だがわたしは、彼の手を取って、しばらくの間その手を動かすことで関わりを作ろうとした。それは固い、骨ばった手で、甲には黒い針金のような毛がはえている。

それから事を彼にまかせると、彼はわたしを強く、だが熟練したテクニックで抱きしめた。思っていたよりも良かった。一瞬、関わっているという感じがしかけた。つぎの瞬間、事態はわたしから離れて行き、ふたたび非現実的なものになった。わたしはまた事の外側に取り残された。彼は息を切らし、あえぎ、昔、海岸の洞窟で聞いたことがあるオットセイの鳴き声にどこか似たこもった声を上げた。彼が終ったとき、わたしは、しわくちゃのベッドカバーの上に大の字に横たわったこの裸の他人をつくづくと眺めた。片方の足を膝から曲げている、この毛深い色白の体は、それぞれ別の角度に柱のように突き出ている頑丈そうな足とは無関係のように見えた。彼は寝返りを打ち、ひじを立てた。

「早すぎたかな?」彼は心配そうに尋ねた。「ときどきこうなることがあるんだよ、神経質になってるとね」彼の懸念は本物らしかった。わたしが彼の性行為についての報告書を回覧するとでも思っているようで、少々滑稽な気がした。明らかに彼はこの分野で名声を得ており、その名声を保たなければならないのだ。問題なかったと請け合うと、彼はほっとしたようだった。

わたしは、彼の足がベッドの端からたれ下がり、彼をベッドのわきに立たせるのを見ていた。足のほうが、ハンサムな外人ぽい顔よりも表情に富んでいるようだった。その顔には、わたしが原因である何らかの当惑のせいであろう（こうわたしは思いついたのだが）無意味な笑いがはりついている。しかし彼は赤の他人に過ぎず、わたしには何の関係もないことだ。彼のことでわたしが悩むわけがない。ベッドカバーは完全にくしゃくしゃになっていた。これは、カーテンの色と同じ赤の白羊宮の印がついている白いフェルトでベッドに合わせて作らせたものなのだ。クリーニング屋に出さなければならない。

彼がバスルームで水を流している間、わたしは、なだらかに続く緑の丘を背にした楡の木々を見ていた。梢には古い鳥の巣が乱雑なまでにいっぱいかかっており、黄ばみだした葉がもうずいぶんと地面に落ちている。庭にはほとんど何も残っておらず、ただ、壊疽にかかったしみのような紫と黄の秋の花の中に薔薇が数本あるだけだ。わたしが見ているのは、本物ではあるがしかし本物ではない、カラー写真だった。

わたしはお湯の蛇口をひねると、外国から持ち帰った石けんの香りをかいだ。ここでは手に入らないものなのだ。もういくつも残っていない。これからは気をつけて、誰にも使わせないようにしなければ。体をふきながら、わたしは窓の外を見た。この窓から見る光景はまた少し違っている。眠りながら歩いているような牛が数頭、楡の木のある野原をゆっくりと横切って行くのをわたしは見つめた。あれは本物の牛ではない。木のおもちゃのようだ。いや、模型の牛だ。おもちゃや本物にしてはリアルすぎる。さらに上のほうを見ると、いまだにほこりっぽい黄緑色をしたぶなの林が丘の頂きに小ぎれいな帽子然としてぴったりかぶさっている。あの林もじきに青銅色に変わり、それから金色に、そして最後に葉がすべて落ちてしまうとぼんやりとした紫色になるのだ。夏の終りがわたしを何となく悲しい気分にさせた。

男は寝室のカーテンを開けて、また日の光を入れていた。くつ下とズボン姿で立ちながら、彼は小さな白い花がちりばめてあるダークブルーのシャツを着ているところだった。わたしは何か言うことを考えようとしたが、頭の中が空っぽだった。意思の疎通はまったく不可能に思われた。わたしは、服を着ているときの彼のほうが好きだった。そのほうが人間らしく見える。ありそうもないことではあるが、ひょっとしてときにはかすかな触れ合いが可能であるかもしれない人間のように見えるのだ。それでも、彼に言うことは何もなかった。

「ご主人ってどんな人?」彼はまた好奇心いっぱいにわたしを見ていた。「どうしてこんなふうに君を放ったらかして出かけちゃうの? 君が浮気してるって気がつかないのかな? それとも知ってて気にしてないの?」

わたしはくだらない質問に答えるつもりはなかった。作りつけの洋服だんすの引き戸を開けて絹の服を出すと、それを着はじめた。彼とどこか外に食事をしに行くと先刻同意していたのだ。どうしてだろうとわたしは思った。退屈を長びかせるだけなのに。彼は、うんざりするような質問をし続けている、何でもない赤の他人にすぎないのだ。そのときわたしは、暗くなってからの、声ひとつ立たず、どこにも明かりひとつ見えないこの家の静まりかえったさびしさを思い出した。彼の腕が伸びてきて上着を着せてくれたとき、雪の斜面に立ち並ぶ黒い樅の木の列と、袖の下におい茂った針金のような樅の木が見えた。

彼がくしを取り出して鏡の前に立ち、その長い黒髪を丹念にとかして前は額にかけ、うしろは首筋でカールさせるのを、わたしは見ていた。つぎに彼はわたしの銀の手鏡を取ると、首を左右に動かしながら頭のうしろを眺め、カールをなでつけた。それは堅くてパーマがかかっており、まるで針金でできているようだった。彼は時間をかけて髪を整えた。これは演技なのだ。わたしは、終ったら拍手をしなければいけないような気分になりかけた。急に、わたしには彼が若造に見えた。急に彼がわたしよりいくつも年下に見えた。それでもやはり赤の他人ではあるが。

わたしも髪をとき、顔を直した。鏡の中の少女はかなり魅力的に見えたが、彼女はわたしとは何の関係もないのだから、どうと言うこともなかった。彼女は鏡に映った影にすぎない。何ものでもないのだ。わたしではないのだ。何ひとつとして、どうあってもわたしに影響を与えるようには見えなかった。わたしはただ退屈で悲しく、そしてこういったことをすべて越えた、そんな気分だった。

わたしたちは一緒に階段を降りた。わたしが先で彼が続いた。彼がずっと頭のうしろを見つめているのが感じられた。

「きれいな髪だ」彼はこう言うと、髪をなでようと手を伸ばしたが、そうする前にその手を降ろした。「もちろん、みんなそう言うんだろうね」彼はまったくの他人だ。わたしは頭がおかしくなっていたのにちがいない。彼を居間にひとり残してわたしは飲物を取りに行った。

わたしは急がなかった。それどころが、わざとゆっくりした。これから先続くであろう退屈の予感が果てしなく広がっていた。しかし、選択の余地はある。この他人および彼が発する質問とによる退屈か、さびしくて物音ひとつしない家か、二つに一つだ。つまり、選ぶ余地など本当はまったくないのだろう。

トレーにグラスと壜をのせると、わたしは冷蔵庫に氷を取りに行った。そして、振り返ると彼がうしろにいた。台所のありかを見つけて、二階でしたのとまったく同じようにあらゆるものを調べながらうろうろしていた。

「ずいぶんたくさん果物を食べるんだね」彼はテーブルの上の、レモンとオレンジを入れた大きなボールの前に立ち止まると、その人好きのする外国人ぽい顔に新しい表情を浮かべてわたしを見た。彼のほほ笑みはもうはりついてもいないし無意味でもなく、彼が急に好ましく見えるほどに、心地良いまでに突然生き生きとした。そのとき、何かのつながりがあれば、このうちの何かひとつでも本物であれば、わたしは彼を好きになりたいと思っただろう。

彼の長い、赤いスポーツカーまで行ったときには、たそがれが迫っていた。それは大変車体が低く、大変スマートで、大変速い車だった。「気に入った?」彼が尋ねた。わたしがこの強力な赤い怪物に満足するだろうと確信しているのは明らかだった。彼が好ましく思われた瞬間へのお返しに、わたしは望みどおりの賞賛を表わした。遠くのほうはもう暗く、どんよりと見えはじめており、私道の端にある白い門が、黒みがかった月桂樹を背にくっきりと見える。空気の中に、近づく秋の憂鬱が感じられた。にもかかわらずわたしは、無関係で、すべてのことの外側にいる気分だった。彼は狭い道を飛ばし、火のついた煙草を片手に持ちながら、ほとんどずっと片手運転をした。わたしに見せびらかしているのだ。このようなことがさらに何時間も続くのだろう。

風が吹きつけ、彼の口からあっという間に煙をひったくっていく。わたしは頭にスカーフをかぶり、どこに行くのかと尋ねた。

「マイター」

「あんな所まで?」

わたしはそんなに遠くまで行きたくなかった。四十マイルはあるのだ。時間がかかりすぎる。事態はまったくうんざりするものになりかけていた。「そんなことしないで家に連れて帰って」とわたしは言いたかった。だが、後に残してきた家の夜のさびしさを思い、実際に口にした言葉は、「どうしてスプレッド・イーグルにしないの？　あそこのほうが近いし、お料理だってそれほど変わらないわよ」

彼はちらりとわたしを見た。快い微笑が陰険なものに変わった。「マイターのほうが安全なのさ」明らかに彼は、二人でいるところを誰か知人に見られたくないのだ。わたしは、まず頭に浮かんだことを口にした。「この車は、ドン・ファンには目立ちすぎるわね」そのつもりではなかったのに、まるでお世辞を言われたように彼はくすくす笑った。そのように笑うと、彼はまた若者のように見えた。わたしは、千年も年をとっているような気がした。

どこに食事をしに行くか、わざわざ議論する気にはなれなかった。話をしなければいけないのは分かっていたが、わたしたちは関係がないのだから言うことなどまったくなかった。首筋に黒髪をカールさせた他人の隣で、低い座席に半ば横たわるように座っていることは何の意味もなさなかった。暗闇が大気を濁らせ、生垣が黒く、そして近くを、流れるように過ぎ去って行く。彼が前かがみになってライトをつけ、そしてまた消したとき、うなじにかかったカールは動かず、本当に黒い針金でできたきつく巻かれたぜんまいのように、静止して完全な姿を保っていた。もし考えることがあるとしたら、いったい彼は何を考えているのだろうか。こんな状況で彼がどんな満足を得ているのか、わたしには分からなかった。

彼が目を横に走らせて、わたしを見た。その目が光の中で一瞬輝き、ずるい小魚のように瞳がわたしのほうにすべってきた。

「どうして、ご主人のことを話してくれないの?」わたしは黙っていた。彼の質問に答えるつもりはなかった。彼が質問し続けるというのはまったく腹立たしいことだった。「まだ愛しているってわけじゃないんだろ?」愛敬顔の仮面を脱ぎ捨てたかのように、快い笑顔が消えてしまっていた。彼は顔をしかめはじめており、また神経質になっているように見えた。「もし愛しているんなら、ご主人を裏切ったりはしないよね?」彼のすばやく走る、ずるい小魚の目がまた奇妙に光るのが見えた。「それに、彼が君を愛してるとも思えないな。

君を放ったらかしにしてるだろ、ひとりぼっちで放ったらかしにして……。彼は、夜どこに行ってるの？　友だちのところ？　パブのはしご？　それともどこかな？」

「見当もつかないわ」わたしは冷たく答えた。だがこの冷たさは彼には効き目がなかった。

「でも、そんなに遅くまで留守にするときは、どこに行くか言うべきだろ——彼に聞かないの？」わたしは答えず、漠然として曖昧な、うんざりした声を出しただけだった。彼は一刻ごとにますます緊張し、神経質になっていった。さらに顔をしかめると、彼は火をつけたばかりの煙草をいきなり投げ捨て、突然両手でハンドルを握りしめた。「マイターまでは来ないよね？」

　このむき出しの心配はかなり情けなく、また同時に、いささか無礼なものに思われた。こういう感情は隠すべきものなのだ。「見当もつかないわ」わたしは冷たく繰り返した。この冷たさは何の効果もなく、彼には通じなかった。彼は完全に頭がいっぱいになっており、顔をしかめながら、唇を固く結んでいた。たとえ一瞬ではあっても、彼が好ましく思われたなどということが信じられなかった。今や、彼のすべてがわたしを不快にさせた。わたしは彼を見ていることに耐えられなくて、車の外の黒く飛び去っていく生垣や暗い道端の木々を見ていた。もう何マイルも見てきたのと同じ木と生垣だ。しかし、今わたしが見ているのは暗い道の景色そのものではなく、映画の中の景色に近いものだ。このためにすべてのものがいささか奇妙に見える。外のものは何ひとつ本物に見えない。

男もやはり本物ではなかった。よそを向いている間に消えてしまわないかと、わたしは半ば念じていた。しかし彼はまだいて、相変わらずわたしの横に座り、片手をハンドルから放して無意識のうちに爪をかんでいる。

事態は初めから腹だたしく、うんざりするものだった。それが今突然、あまりに不快なものになったので、わたしはもうこれ以上耐えられなかった。六回ほどしか会ったことのない若者と、まったくの赤の他人と関わりを持つなんて、わたしは頭がおかしくなっていたのにちがいない。

あのことを除けば、わたしはもちろん関わってなんかいない。これは何ひとつ本当のことではないのだ、わたしには関係がないのだ。そして、どこか遠く離れた所から、何百万マイルもの彼方から、人格も個性もまったく取り除かれた、わたしの非人間的な声が聞こえてきた。

「もうこれ以上行きたくないわ。家に連れて帰ってちょうだい」

英雄たちの世界

わたしは星を見ないようにしている。星を見ることに耐えられないのだ。星を見上げては「わたしは生きている、愛し愛されている」と思った日々を思い出してしまうから。人生のうちであの時だけは、わたしは本当に生きていた。今は生きている気がしない。わたしは星が好きではない。星のほうでわたしを好いてくれたことは一度もなかった。愛されたことなど思い出させてくれなければ良いのに。

わたしは人生を楽しみはじめるのが遅かった。わたしが悪いわけではない。少しでも思いやりがありさえすれば、成熟が遅れたことで苦しみはしなかっただろう。あれほど多くの不安がわたしの心にしみ込みさえしなかったならば、さらにひどいことがこの先待ちかまえているのではないかと思って、孤独で誰からも必要とされぬ幼年期を抜け出ることを恐れたりはしなかっただろう。しかし、思いやりなどなかった。それに最も近いものは、その都度変わる取巻きの男性と一緒に母が乗りまわす、大きな車の後部座席に座るのを許されることだった。とは言っても、これは思いやりなどというものではなかった。わたしは世間体をつくろうために連れて行かれたのだ。前の二人は振り返りもしないし、これっぽっちの心遣いもしてくれなかった。わたしも二人に注意を払わなかった。わたしは、大きくて高価な車のうしろで、何時間も何時間も、何百マイルも、無限の空想を思い浮かべながら座っていた。

子供の時間の進み方の恐ろしいほどののろさ。劣等感と、決して言われることのない優しい言葉をかけてもらおうとする苦闘との果てしない年月。誰かが責めを負わなければならぬと考え、自分を責める苦悩。無関係な他人に与えられた愛を自分にもと切望する苦しさ。どのような未来でもこれ以上ひどいわけがなかった。いったいいかなることが、このような幼年時代から抜け出て成長することに対してわたしに恐怖を抱かせえたのだろうか？

後になって、もっと釣合いの取れたものの見方ができるようになっても、わたしはいつでも、あの何も分からず、ひとりぼっちの、感受性が鋭すぎる子供の身の毛のよだつ暗黒の孤独に、想像しうる限りで最悪の運命に戻ることを恐れていた。

わたしが女の子であるが故に、母はわたしを嫌い、蔑んだ。わたしは母から、男性というのはすぐれた種族であり、自由な存在、幸せな存在、輝かしい存在、強い存在であるという概念を教えられた。ときどきモーターバイクのうしろに乗せてくれた男の子たちとの青春期の冒険や恐る恐るの試みが、この概念を確かなものにした。ごく当然のことながら、英雄というものはすべて男性だ。男は女よりも優しい。それだけの余裕があったのだ。同時に男は獰猛で気まぐれで危険な動物だった。男に対しては常に警戒心を抱いていなければならなかった。

ハイパワーの車に対するわたしの気持ちもおそらく母親ゆずりのものである。物心ついてから、快速の車に乗っていろいろな土地をどんどん走って行きたいという願望にわたしは周期的にとらわれた。路上に待ちかまえる危険や死のことを世間の人々が話しているのが、ばかばかしく滑稽に思われた。わたしにとって、大きな車は安全この上ない隠れ場所であり、そして、人生および人間の中に潜んでいる獰猛で残忍な力すべてから逃れる唯一の方法なのだ。その金属製の車体が魔法のよろいのようにわたしを包み、その中でわたしは不死身の体となる。外の世界で出会う人間は、みんな同じ軽蔑的で薄情なやり方でわたしを扱い、わたしのすることを信用せず、わたしの存在を認めようとしない。車に乗った男だけは違う。一緒に車に乗るのは初めてというときでさえも、彼がわたしを評価し、理解してくれていることが感じられるのだ。わたしを愛するように仕向けることができるのだとわたしには分かっている。車は、わたしたち二人にちょうどよい大きさの、疾走する小さな代理の世界だ。親近感が生まれ、二人の間に絆が結ばれる。すぐに、わたしは少し彼を愛しはじめる。まず車を愛してしまうということもときおりある。車がわたしを男に引きつけるのだ。一緒に走っているとき、わたしたち三人は一体となる。ひとつに溶け合うのだ。わたしは孤独感と劣等感を忘れ、愉快になる。

外の世界では、常に破局が待ちかまえている。知らせはいつも悪いものばかりだ。軌道をはずれた狂ったロケットのように、人生が突然襲いかかってくる。逃げられる見込があるのは、疾走する車の中だけだ。

ようやくわたしは、自主独立した自由な年齢となり、大人としてみなされるようになった。それでも、思春期が長引いたせいで、わたしは年よりも若く見えた。二六〇〇ccのアルファ・ロメオとたくさんのお金を持っていた若いアメリカ人のXは、わたしを十五か十六だと思った。二十一だと言うと彼は吹き出し、発育不全の症例だなどと言って、わたしのことを残酷なやり方でからかっているように見えた。わたしはおびえ、彼から逃げ出して、いわゆる友人たち何人かと一緒にあちこち旅をして回ったが、彼らにはどうしようもないほどうんざりしてしまった。Xと知り合ってみると、彼らはたまらないほど鈍く、陳腐で、型にはまっているように見えた。彼と彼の車に会いたいと願う気持ちが頭から離れなくなり、わたしたちの一行に会いに来てもらいたいという電報をわたしは彼に送った。そうしたとたん興奮と恐れとで体がかっとなり、わたしはしまいに、電報は無視されるだろうと信じこんだ。そんな決定的な拒絶をわざわざ招くなんてわたしは本当に馬鹿だ。そのときの失望と恥ずかしさには耐えられないだろう。

指定の場所に着いたとき、わたしはがたがた震えていた。夜だった。わたしは暗がりに隠れて、彼が見えないように――彼がそこにいないのが見えないように――目を伏せていた。そのとき、彼がこちらに向かってやって来た。彼はわたしを後回しにして、一行のひとりひとりと握手した。わたしに恥をかかせたいのだ、わたしは思った。連中に興味がないのと同じようにわたしにも興味がないのだ。完全にみじめな気分になって、わたしはその場から走り去って闇の中に消えてしまいたかった。突然、彼がわたしの名を呼んだ。わたしを乗せて他の町まで行くつもりだと言い、残りの連中にいきなり別れを告げたため、彼らは、わたしが彼らの存在を忘れてしまうまでの数秒間、その場に呆然と立ちつくしているようだった。彼はわたしの腕を取ると、速足で車まで連れて行った。大きくて御しやすく、魅惑的な車にわたしを乗せると、勢いよく出発した。人通りのない道を走って行くと、空一面に星が白い炎の輪を描いていた。

これが事の始まりだった。英雄たちの世界を教えてくれたXに、わたしはいつでも感謝している。

レース場は、それ以外の状況では反社会的だと非難されるであろう性向や行動を正しいものとみなしてくれる。戦争以外では出会うことのないような危険が、レーサーの生活では日常茶飯事だ。いつ死んでもおかしくないと分かっているので、レーサーたちは、無謀と友情と、とぎすまされた知覚力という戦時の空気の中に生きている。彼らの快活な豪放さと陰鬱で不吉で人をおびやかす背景との対照が、わたしには抵抗できないほどの魅力を彼らひとりひとりに与えていた。わたしには、彼らはみんな魅力的であり、英雄であり、世界一勇敢な男たちだった。彼らはまた、この世での生を甘受することができないために死をもてあそんでいる精神病質者、不適応者でもあるということに、漠然とではあるがわたしは気づいていた。彼らのゲームが悲惨な終り方をしないことはなかった。何年か長く生き残る者は少なかった。そして結局はその連中も、反応が鈍くなりはじめて、あれほどまでの腕の冴えを見せてきたひとつ事に適さなくなる、三十五歳で終りなのだ。こうなる前に死んだほうがましだと彼らは思っていた。

彼らが生きようが死のうが、悲劇はすぐそばで待ちかまえており、彼らにはほとんど時間がないということがさらに彼らの魅力を増していた。そしてまたそのために、彼らは一種独特の、形而上的とも言えるほどの形で結ばれており、あたかも、彼らひとりひとりの中に、全員に共通する何かが存在しているかのようだった。いわばスピードという命がけの職業に身をささげた兄弟のような関係なのだと、わたしは彼らのことを考えていた。

しょっちゅう出会うし、同じホテルに泊まることもたびたびなので、彼らはみんな顔見知りだった。彼らはまったく放浪の生活を送っていた。たとえ仮のものであれ自分自身の住まいを持っている者、あるいは持ちたいと思っている者はひとりもいなかったし、ましてや終《つい》の住みかなど問題外だった。仕事がら、どんな形にせよ腰を落ち着けることは無理なのだ。結婚する者もほんの少しはいたが、こういう結婚はいつでもすぐに失敗に終るのだった。妻が男たちのグループの中にある感情に嫉妬し、そしてまた緊張に、永遠に続く別居に、そして我が家がないということに耐えられないのだ。

わたしは家というものを持ったことがなかったし、レーサーたちと同様に持ちたいとも思わなかった。しかし、どこであろうと彼らと一緒にいる所がわたしの居場所であり、そこでわたしはくつろげるのだった。大きな箱の中におさまった小さな箱のように、わたしの複雑な感情はすべてホテルの部屋の中にしまいこまれてしまう。ドア、窓、鏡、非人間的な四方の壁。ドアと窓は、非現実的な存在となったものにしか通じていないし、鏡に映るのはわたしだけだ。こうしていると守られているという感じがする。車に乗っているときのように世界から隔絶され、安全な隠れ家に潜んでいる感じだ。

レースに勝ったあと、わずかな間は追従や世界の喝采を浴びるとはいえ、レーサーたちは評判が良くなかった。彼ら以外の人間たちには彼らが理解できないのだ。彼らの党派性、まじめさを欠く言葉や不用意な態度は無礼だと思われた。しきたりにとらわれないふるまいは不道徳だとみなされた。わたしには魅力的に思われる無頓着な優雅さも、仲間同士の相手への純然たる忠誠、純然たるプロとしての高潔さ、純然たる豪胆さに基づいた彼らの厳格で貴族的な掟も、世間の目には見えなかったようだ。

わたしが彼らを愛したのは、どういうわけか彼らが普通の人間集団とは異なったすぐれた存在であり、権威というものを威勢良く鼻であしらう生まれながらの冒険家だからだった。おそらく彼らは、わたしもやはり不適応者であり、反逆者だと感じていたのだろう。あるいは、わたしのはなはだしく若い外見とまったく厭世的な知性という奇妙な組み合わせに興味をそそられたか、それを面白がっていたかだ。いずれにしても、彼らのわたしの受け入れ方は、他の社会的グループには——慣習、家柄、財力が障害となって——真似できないであろうものだった。彼らは、わたしが自分たちの間にいることをすぐにまったく自然なことと受け止め、わたしを一種のマスコットにした。彼らは乱暴で無責任な命知らずの連中だと思われていたが、わたしが信頼したのは彼らだけだった。わたしがこれまで出会ってきた他の人間たちとは違って、彼らはわたしを裏切ったりしないだろうとわたしは確信していた。

彼らの掟は、嫉妬やその他の悪い感情を禁じていた。不快感など起きなかった。彼らの中では安全だということが分かったので、もう警戒する必要はないのだとわたしは了解した。彼らの態度は、お世辞まじりであると同時に事務的だった。彼らは察しが良く、もってまわった騎士道精神など持ちあわせていなかった。そんなものを見せられたりしたら、わたしはまごついてしまっただろう。そして彼らは、押えてはいたのだろうがあけすけに肉体的興味をあらわし、長い間でも短い間でも、わたしの望む間だけ喜んで愛してくれるようだった。Aとの関係が終れば、Bの車に乗る。それだけのことだった。すべて、非常に単純かつ洗練されているように思われた。

こういう状況はわたしにとって申しぶんのないものだった。彼らは、わたしが常に望んでいたのに決して手に入れることができなかったもの——後楯、真の友人——を与えてくれた。彼らは、非感情的なレース場流に優しく、わたしを自分たちの一員として扱ってくれて、わたしが彼らの生活史の中に加わったり、共に皮肉な冗談を飛ばしたりするのを許してくれたし、熱心にわたしの話を聞いてくれた、が、無理に話させたりはしなかった。わたしは彼らのボタンをつけ、ホテルや車庫の請求書の内容を調べ、未熟な整備工として働き、彼らが衝突事故でけがをしたり、流感にかかったりすれば看護した。

とうとうわたしは、これまでずっと夢見てきたように、自分は必要とされている、大切にされている、と思うことができた。とうとうわたしは属する場所ができ、居場所を見つけ、何かしら世の中の役に立てるようになった。生まれて初めて、幸せということが分かったし、彼らひとりひとりを心から愛することは何でもなかった。これは夢ではないのだということが信じられないほどだった。まったく信じ難い話だが、これは本当のことで、現実に起こっていることなのだ。わたしにはもう考えたり、ふさぎこんだりしている暇はなかった。常に彼らのうちの誰かと一緒に車に乗っているのだから。わたしは、どのラリーにも参加し、グランプリレースに勝ち、場合場合に応じて、副ドライバーになったり、ただの同乗者になったりした。わたしは何もかも好きだった。スピードも、排気ガスも、危険も。時速九〇マイルで凍った道を疾走して三回スピンし、道端に積み上げられた雪の山にかすりもせず、そのままとまりもしないで走り続けるのが好きだった。

これはわたしの人生の中で唯一の美しい時だった。このときわたしは世界中を車で走り、あらゆる国を見て回ったのだ。命をいとも気楽に危険にさらすこの男たちの愛情は、わたしを陽気にし、生きていることはすばらしいと感じさせてくれ、だからこそ、わたしは彼らを熱愛したのだった。わたしを好きになることで、彼らは不可能を可能にした。わたしは本物のおとぎ話を体験していたのだった。

この奇跡的な状態は数年間続いたのだが、もっと長く続いたかもしれなかった。だが、わたしの幸福感の向こうには、彼らが仲間うちで醸し出す暖かくて陽気な雰囲気の向こうには、不吉な影が常に待ちかまえていた。惨事は、輪になった氷の山々のように彼らに忍び寄り、執念深く近づいてくるのだった。彼らは、護身ということに関して一種独特のポーズを作り出していた。衝突事故や、絶えず襲いかかる危険のために何度死んでも間にあわないほどなので、彼らはごく普通のこととして死の話をした。死を招くのは、ひとりひとりの不注意や無謀なのだ。誰も、「かわいそうに、Zの奴、くたばっちまった」とは言わず、「Zの奴、自分から墓穴に入っちまった、馬鹿な野郎だ。死体置場は飛び越えられなかったわけだな」彼らの使う言葉は、部外者には乱暴に聞こえるものだった。だが、犠牲者を嘲笑する話し方をすることで、彼らは死から恐怖を取り除き、容易に避けることができたものであるように見せかけたのだ。

意識して考えたわけではなかったが、わたしは、時が来れば自分も友人たちのようにレース場で死ぬのだと、当然のように思っていた。そしてあわやそうなりかけたのだった。車が衝突して四回宙返りしたあげく、炎に包まれた。運転していた人間と他の同乗者たちは即死だった。まったく不運なことに、わたしは四分の三だけ死んだ状態で燃える残骸から引きずり出された。どう見てもわたしの容態はいくつかの病院の医師たちにとって難題であったらしい。彼らはそれから二年の間、頑固なまでに根気良くわたしの命を救うために努力したのだが、その間じゅう、こちらも根気良く命を捨てようとしていたのだった。わたしは、憎しみに満ちた、しかし無力な怒りをこめて、彼らの冷たい、臨床的な目を見つめたものだった。だが結局は彼らが望みを達成し、わたしは退院させられた。歩くこともかなわぬ、やけどで醜くなった体を抱え、ひとりぼっちのまま、憎しみに満ちた世界にまた放り出されたのだ。

レーサーたちは忠実に絶えず連絡をくれ、手紙やプレゼントを病院に送ってきてくれたし、来られるときは必ず見舞いに来てくれた。何カ月がすぎるにつれて、手紙がどんどん少なくなり、見舞い客の足もだんだん遠のき、しまいには誰も来なくなったのは、完全にわたしのせいだった。わたしは彼らに同情されたくなかったし、また義務感を持ったりして欲しくなかった。この醜く傷ついた顔が彼らを不快にするにちがいなかったので、わたしはわざと彼らを遠ざけたのだった。

もう彼らのところに戻ることはまったく不可能だった。あれほど楽しんでいた人生に対して、何の熱意も活力もなかった。わたしはもう、彼らが愛した陽気で冒険好きな少女ではないのだ。それでも、誰かひとりが心底骨を折って説得してくれさえしたら、わたしはもしかして……。誰もそのような努力はしてくれなかったし、これからも親密な関係でいたいという様子を見せなかったことで、自分は厭わしい存在になったのだというわたしの確信はいっそう強いものとなった。もっとも、別の説明もできるかもしれない。衝突事故の際、わたしは運転していた男と恋仲になっていたのだが、彼の後釜を選ぶ段階にまでは行っていなかった。そんなわけだし、主導権を握るのはいつもわたしだったので、彼らはみんな、他の連中をさしおいてわたしに心を寄せるだけの根拠がなかったのだ。たぶん、わたしが誰か選んでさえいれば……。だがわたしは、わたしが仲間の死の原因であるかのように彼らはみんなわたしが生きていることを恨んでいるにちがいないと思って、生き残ってしまった罪悪感で麻痺してしまっていた。

今、わたしに何ができるだろう？　これからどうなるのだろう？　生きる場所として運命づけられてはいるがとうてい耐えられないこの世界で、どうやって生きていけるだろう？　彼らも耐えられなかったのだ。だから彼らは自分たちだけの世界を作った。彼らには仲間がいるし、それに彼らは英雄だ。ところがこのわたしはまったくのひとりぼっちだし、英雄たるに不可欠な特質——勇気、強靭さ、献身——は何ひとつ備わっていない。孤独で、よるべなく、誰からも必要とされず、おびえていた、あの子供の頃に戻ってきてしまったのだ。

さびしい、恐ろしくさびしい。いつもひとりぼっちでいるのは嫌だ。話す相手が、愛する相手が本当に欲しい。今は、わたしを見てくれる人はひとりもいないし、見られたくもない。見て欲しくないのだ。鏡にうつる自分の姿を見ることにわたしは耐えられない。わたしはできるだけ人を避けている。この傷を見れば誰でも不快になり、まごつくだろうと分かっているからだ。

優しさはまったく残っていない。この世界はわたしの知らぬ人間でいっぱいの残酷な場所で、彼らの無関心がわたしは恐ろしい。ときたま誰かと目が合うと、その視線は氷のように冷たく、交差するサーチライトのように何の人間性も意志の疎通もないまま目と目が行き交うのだ。凍るような絶望に陥りながら、わたしは街を歩いて、暖かさのかけらを引き寄せようとする。そのために表情にあらわしているのは……何か……いや、何か……。だが、みんなわたしのそばを通り過ぎて行くばかりで、見ようとも、指一本上げようともしてくれない。誰もかまってくれない、誰もわたしを助けてくれないのだ。見知らぬ人間の目に浮かんだ抽象的で不可解な無関心だけしかわたしには見えない。

この世界は、心がない人間と、与えることを知らぬ機械のものなのだ。それ以外の人間だけが、英雄だけが、与えることを知っている。そのすばらしい寛大さで彼らはわたしに真実を与えてくれたし、わたしに敬意を表して嘘をつかなかった。人生は生きる価値があると、彼らのうちの誰かが口に出して言ったわけではない。彼らは、わたしが愛した唯一の連中だ。今思うことといえば彼らのことだけ、そして彼らを失ってしまったのだということだけだ。世の中がすごい勢いで通り過ぎて行く中、愛してくれる人の横に座っているなどということはもう二度とないだろう。南回帰線を越えたり、冷たい雪国で、樅や唐檜の木の下の暗がりの中、北極圏の星の下で、星明かりに黒くきらめく氷を見たりすることも二度とないだろう。

わたしが本当に生きていた世界を構成していたのは、ホテルの寝室と車に乗ったひとりの男だけだった。しかし、あの世界は広大ですばらしく、町も大陸も、森も海も山も、植物も動物も、北極星も南十字星も含まれていたのだ。生き方を見せてくれた英雄たちは、この世のあらゆるもの、あらゆる場所をも見せてくれたのだ。

わたしが今いる世界に存在するのは記憶に残っている彼らの顔だけだが、それも永遠に失われ、どんどん遠ざかって行ってしまう。今はもう生きている気がしない。わたしは外の世界のものは何も見ない。わたしにとっては、もう海も山も存在しないのだ。

わたしはもう空を見ない。いつも星を見ないようにしている。星を見ることに耐えられない。愛し愛されていたことを思い出してしまうから。

メルセデス

どういうわけか、家の近所はいつもタクシーが少ない。雨の夜遅くなどは、仮に運転手が暖まった我が家でぬくぬくと座りこんでいないとしても、そのわずかなタクシーは必ず予約済みなのだ。そんなわけで、宵の口に往診の道すがら立ち寄ったMのために何とか一台都合せねばと、わたしは気をもんだ。彼は非常に楽しそうに、金ができ次第買うつもりでいるすばらしい大きなメルセデスのことや、二人でそれに乗って過ごすことになっているすてきな時の話などをしていた——これは、わたしたちが何年も楽しんでいる面白半分のゲームなのだ。そのとき時計が鳴り、彼は突然立ち上がると、すぐ行かなくちゃ、と言った。まるで、彼がいなければ、患者がもう三十分ももたないかのような口振りだった。

このとき電話がかかってきた。彼の妻からだったが、いらだち、じれたような声だった。Mがまだ来ないと患者から電話があり、わたしの所にいるのではないかと彼女は考えたのだ。病気をして以来とても疲れやすくなっているのだし、こんなに遅くまで外にいてはいけないのだから、彼を家に上げるべきではなかったのだと、彼女はわたしを責めた。確かに、こういう嫌な天気の夜は、彼は外に出てはいけないのだ。このためにまた病気になったりしたら、わたしのせいだ。Mと話をしたいかとわたしが彼女に尋ねたとき、彼は部屋の向こう端で激しく首を振り、巻き込まれることを拒んだ。わたしは彼を責めはしなかった。かちりと受話器を置いたときにはわたしもほっとしたくらいだ。彼への最後の命令は、タクシーでただちに帰宅せよ、というものであり、わたしは決して彼を歩かせてはならぬということだった。

「タクシーはいらない」わたしが彼に伝えると、彼はすぐにこう言って、オーバーを取りに玄関まで向かった。わたしは辛うじて彼よりも先回りし、彼を止めた。彼が実際的なことが原因で欲求不満になることをどんなに嫌っているかは知っているし、わたしの家からタクシーをつかまえようとするといつでも欲求不満しか残らないのだが、それでもわたしは彼に、今夜はタクシーに乗って行かなくてはいけないと言った。逃げ出さないように片手で彼にしがみつきながら、空模様を見せようと、わたしはもう片方の手でカーテンを引いた。話をしていて気がつかないうちに、天気があまりに悪くなっていたのでわたしは驚いてしまった。みぞれが横なぐりに降りつけ、通り一面は白っぽいしみでおおわれているし、向こう側の家は見えなくなっている。うなり声を上げて疾風が舞い、割れよとばかりに窓ガラスに吹きつける。木々はうめき、きしみ、枝で窓をたたいている。歩いて帰るなど問題外だということは、Mにさえも明らかだった。彼は元気なく、崩れるようにソファーに座りこむと両足を前に突き出し、陰鬱そのものといった様子でひとりでぶつぶつとつぶやいた。

「天気まで逆らうときたか……。患者を見捨てるわけにはいかないし……」

「患者のことは心配しないで、まっすぐ家に帰るようにって、イヴォンヌは言ってたわよ」

それでも、彼はふさぎ込んで靴を見つめたきり、返事をしようとしなかった。しばらくしてからため息をつき、つぶやいた。「どうしようもないな……」これは、彼の口癖のひとつだった。彼の不幸や失望が、勇気やその他もろもろのものとともにすべてこの言葉に含まれているのだと、わたしはいつも思っていた。彼は故国で何もかも失い、あれこれと辛い目にあったあげくにこの国に亡命してきたのだった。

「それじゃ、タクシーをつかまえてあげるわね」一台でもつかまえられれば奇跡に近いということは分かっていたけれども、わたしは、タクシーが列をなして我が家に呼ばれるのを待っているかのように元気な声を出そうと努力した。神経がぴりぴりしすぎて椅子に腰かけていられなくなり、わたしは床にしゃがみこんでタクシー駐車場の電話番号を回し、返事があることを祈った。もちろん、誰も出ない。そこでわたしは別の駐車場につぎつぎと電話をしたが、遠く離れた暗闇で虚ろに鳴り響くベルの音を聞いているうちに不安がつのってきた。

わたしのうしろでは、Mが相変わらず悲しそうにつぶやいている。「メルセデスがあったらなあ……」彼は明らかに具合が悪く、疲れているようだった。そのとき初めて、彼が年老いて見えはじめているという思いがした。これは耐えられないことだった。あんなにもたくさんの車が気が狂ったように四つの車輪で走り回っているというのに、こんなに立派な医者で、患者にもそれは良くしてくれる彼が、こういうぞっとするほど嫌な冬の日の往診に乗って行く安物の車でさえもままならぬというのは、とてもひどいことに思われた。だが、わたしにはまったくどうすることもできない——ただ、タクシーが来てくれることを祈るばかりだ。それなのに、まるで宇宙の果てから聞こえてくるように遠く、よそよそしく、空しいベルの音が鳴り響くだけなのだ。注意をひたすら電話のほうに集中していたので、彼が動いた音は聞こえなかった。だが、振り向いてみると彼はいなくなっており、ドアは大きく開かれたままだし、彼のオーバーもコート掛けから消えていた。「待って！戻ってきて！」わたしは叫び、受話器を放り出して大急ぎで彼を追いかけた。

階段を降りながらもがいてオーバーに腕を通し、彼はすでに下までたどり着き、わたしが追いつく前に通りに姿を消してしまった。彼が玄関を開けたとたん氷のように冷たい風が一陣家の中に吹きこみ、わたしは吹き戻されそうになった。明かりが狂ったように揺れ動き、影があらゆる方向に飛びはね、何もかもがゆがんで見えた。最後の数段を飛び降りたのだか、転がり落ちたのだか分からないが、とにかくわたしは外に出た。風がうなりかかり、すごい力で髪や服をかきむしり、全力でわたしを家の中に押し戻そうとする。咆哮し、襲いかかってくる風の中で、考えることができない。それに、みぞれが顔に吹きつけてくるので目も見えない。だが、こんな天候にも動ぜずに、見慣れぬ大きな物影が目の前に浮かび上がるのがぼんやりとだが分かった。

突然、嵐がやんだ。ぱたっと風がおさまり、みぞれは穏やかな雨に変わった。雨の中に、静かに輝く街灯の明かりが見えてきた。Mとわたしは二人で歩道に立っており、その謎の物影は、まるで家のものであるかのように我が家の玄関の正面にとまっている大きな車であることが分かった。それはエレクトロニック・カーらしく、真新しく、黒檀のように輝いていた。車体は長く、低く、優雅なラインで、テールフィンがほっそりと、きらめきながら突き出ている。

高価な車にいつも心を奪われるMは、さらによく見ようと近づいた。わたしは立ったまま見ていた。もう物音ひとつ聞こえない。風とみぞれがあれだけ吹き荒れたあとだけに、わたしにはこの突然の静けさが奇妙なものに思われたし、いささか薄気味悪いほどだったが、Mは気にとめていない様子だった。この短い通りにはわたしたち以外誰もおらず、窓はどれも暗かった。すぐ近くの、高台の下の本道には車が走っているが、まるでサイレント映画の中のように通りすぎて行く。雨はすっかりあがり、通りには黒い川ができていた。そこに反射した明かりがゆらゆらとゆらめき、このすばらしい車に当たってさらにいっそう明るく輝いている。

「メルセデスだ!」突然Mが、初めから知っていたというような、歓喜の声で叫んだ。

わたしは本当にびっくりしたというわけでもなかった。むしろ、Mのことを考えていたのだ。彼はほほ笑んでいた。明かりに照らされたその顔は輝き、楽しそうだ。ここ何年かのうちで一番若々しく、幸せそうに見える。どうして、彼が年老いて見えるなどと思ったりしたのだろう？「見においでよ」彼が叫んだが、わたしはうっとりしてしまって動くことができなかった。彼のこの茶目っ気あふれた、明るい、輝くようなほほ笑みを最後に見てからもうかなりたっていたので、忘れかけていたくらいだ。突然、彼が車のドアを開けたことにわたしは気がついた。あるいは、車のほうでひとりでにドアを開けたのかもしれない。「見においでよ」振り返って肩ごしにほほ笑みかけながら、彼がまた言った。そこでわたしは近づき、彼と二人でメルセデスの中をのぞきこんだ。イグニション・キーは差したままだった。

確かにすばらしい車だった。本当に美しい車だった。わたしはシートにさわってみた。何か柔らかくて高価なもの——たぶんミンクだろう——がはってあり、暖かくて豪華で、ビロードのようになめらかだ。ダッシュボードの計器が宝石のようにきらめいた。

「乗ってみようか？」まばゆいばかりにほほ笑みながら、Mが横目でわたしを見て言った。

彼の顔には、わたしがすっかり忘れていた表情が浮かんでいる。初めて彼と知りあった遠い昔のものであるように思われた、冒険心があふれた、若く、ひょうきんで、嬉しそうな、不敵な表情だ。今このときに、こういう表情がまた現われたというのはまごつき、びっくりすることで、わたしはいささかショックを受けた。おそらくそのショックのせいで、彼が車に乗りこむのに気がつかなかったのだろう。だが彼は車の中におり、ハンドルの前に座っていた。

ドアはまだ開いていた。彼の後に続くこともできた。わたしが車に乗りこみ、彼の隣に座るのを妨げるものは何もなかった。どうしてわたしはためらっているのだろう？　どうしてこんなにひどく神経を尖らせているのだろう？　車の持ち主がいきなりやって来て、わたしたちを見つけたらどうする？　わたしはこう考えたが、これが本当の理由でないことは分かっていた。

「そんなことありっこないよ」わたしの心を読んで、Mが言った。「持ち主はもうここにいるもの。ぼくがそうなのさ」笑う気分ではなかったが、彼が冗談を言っているのでわたしはほほ笑んだ。だが、これは冗談なのだろうか？　どういうわけか、そうとは思えない。

運転席に座っている彼は、まるでそこが自分の居るべき所であるかのように、腰を落ち着けてくつろいでいるように見える。それでも、なぜだか理由ははっきり分からぬまま、わたしは心の底からぞっとした気分になりはじめていた。彼が車から降りて、一緒に歩道に立ってくれさえしたら……彼にさわることができさえしたら……。

彼は動かなかった。何もかも、それは静かだ。まるで、静寂が耳を澄ましているようだ。本道では、いつものように夜の車の流れが視界一面に走り続けているが、音はまったく聞こえない。この短い通りは息をひそめ、家々はわたしたちに注目し、じっと眺めながら立っている。さっと振り返ると、屋根に十字架が立っている向かいの家が、わたしたちをもっとよく見ようと前に乗り出すところだった。

振り返っていたのはほんの一秒ほどだったのに、車に目を戻してみるとドアが閉まっており、Mの姿ははっきりしなかった。わたしはたちまちぞっとして、取手をつかむとあらん限りの力をこめて引っぱり、回し、狂ったようにひねった。何も起こらない。

「開けてちょうだい！　出て来て……頼むから……。これ以上そこに座っていないでちょうだい、お願い。これはわたしたちのメルセデスじゃないのよ……。降りなくちゃだめよ！」

恐慌状態に陥りながら、わたしは両のこぶしでドアをたたいた。何を言っているのか自分でも分からなかった。

ドアは開かなかった。だが、またMがはっきり見えてきた。彼は窓ごしにわたしを見て、ほほ笑んでいた。ガラスで声がさえぎられているのだろう。「どうしようもないな……」こう言う彼の言葉だけが聞こえた。どこかずっと遠くから聞こえてくるような声だった。

突然、恐ろしいことに車が動き出した。ドアを開けて乗りこむか、それとも彼を引きずり出すかだと決意して、わたしはまた狂ったようにドアに飛びかかった。遅すぎた。メルセデスはもう手の届かない所にまで行ってしまい、わたしの手は空をつかんだだけだった。「とまって!」わたしは死にもの狂いで叫んだ。「わたしをおいてはいけないはずよ!」何年もの間彼は、二人一緒に車でどこかに行ってしまおうと言っていたのだ。わたしを残して行ってしまうなんて信じられなかった。気が狂ったようにわたしは走り出した。その間にも車はどんどんスピードを上げて、すべるようにわたしから遠ざかって行く。その走り方は坂を流れ落ちる水のように音もなくなめらかで、そして止めようがない。車を止めることはまったく不可能だったが、それでもわたしは全速力で追いかけた。車内からは何の合図もないし、何の音も聞こえない。小さな月のように街灯が飛びすぎ、家々がわたしたちを見ようと体を回した。でこぼこの舗装につまずき、水たまりをはねかし、足がどこを踏んでいるのか分からないまま、目だけは遠ざかる車のうしろから離さなかったが、そのうち車は本道に出て、すぐに他の車の中に姿を消してしまった。

そしてわたしは立ち止まった。疾走する車でいっぱいの通りで、ハイパワーの車を追いかけるほど徒労に終ることが他にあるだろうか？　それにどのみち、わたしはこれ以上走れない――もう息が続かない。それに、追いかけてもしようがないということが今ではわたしにも分かっていた。わたしの努力は、タクシーに電話したことは、すべて何にもならなかったのだ。結局Mはわたしを見捨てたのだから。二度と彼に会えることはないとわたしは知っていた。わたしたちはいつでも、二度とふたたび戻って来たりはしないと話し合っていたではないか。

クラリータ

恐ろしく暑かった。わたしは、汗でべとべとしてむずがゆく感じながら、何とか眠ろうと裸でベッドの上に横たわっていた。もう一週間も眠っていないような気分だった。

クラリータがベランダから入って来ると、わたしを見ながら立ち止まった。わたしは彼女を見つめていた。まだ、彼女の美しさに慣れるだけの時間がなかった。彼女の美しさは息が止まるほどだ。この優雅さ。細く長い脚、ほっそりしたウエスト、ハート形の顔に大きな、茶色いビロードのような瞳。おまけに、形容し難い異様さ、何か恐ろしいまでのものが彼女にはあるので、わたしは彼女のことを半ば恐れている。が、それと同時に、完全に魅せられてもいるのだ。

彼女は、『あなたの様子』という曲をハミングしていた。そして突然ハミングするのをやめて、こう言った。「何て有様なの――自分の体を見てごらんなさいよ」

わたしは言われたとおりにした。ぞっとするような吹出物が体じゅうに広がっており、わたしは頭から爪先まで赤い発疹とみみずばれでおおわれていた。おまけに、ひっかいていたところからは血がたくさん出ている。むずがゆさは恐るべきもので、ただただかきむしるか、そうでもなければ気が狂うかだった。

「おやめなさい!」彼女の声には冷たい非難の響きがあり、サディスティックな女教師のようだった。「かくのをやめないんなら、手を縛ってしまうわよ」今度は絶対にそうするぞという口振りだった。まるでそうするのが楽しみなようだ。「あなたを見てると胸がむかむかする」彼女は言った。「こんなにいやらしいものは見たことがないわ。それに、それがうつるものだったらどうするの?」

彼女は向きを変えると、隣のバスルームに入って行った。薄い壁を通して、彼女がとても長い間水を流して、両手を徹底的に洗っているのが聞こえた。だが彼女はわたしに触れるどころか、ベッドに近寄りもしなかったのだ。自分は不潔だとわたしに思わせるため、水音を聞かせたいのだということは分かっていた。

彼女が洗い終ると、わたしは冷たいシャワーを浴びて血を洗い落とした。水でかゆみが治まるかと思ったのだが、そうはいかなかった。服を着て外に出てみようかと思った。もう暗くなっているから、ベランダのほうが涼しいかもしれない。しかし、わたしはまたくしゃくしゃのベッドに横になった。部屋の外で、クラリータが『あなたの様子』のレコードをかけた。

　体を動かしたとき、何か尖ったものが体に刺さった。先が尖った、小さくて固く、ピンク色で光沢のある三角形の物体で、長さは約四分の一インチ、底辺の長さもそのくらいだ。それぞれ大きさが違うものがいくつかベッドに散らばっている。わたしはそこらじゅうを調べ、シーツのひだの間をまさぐり、全部で十個見つけるとそれをマットレスの端に一列に並べた。クッートがドアの前を通りかかったので、呼び入れてこれが何だか知っているか尋ねてみた。ひと目見るなり彼は飛びすさり、目をぐるぐる回してしまいには白目をむき出した。屋根にあたるあられのように大きな音をたてて、歯がかたかた鳴っていた。

「とても強い魔術です」彼はつぶやいた。

「とても悪い魔術です」そして逃げ出してしまった。

　トーキルがベランダでクラリータと話をしていた。彼は彼女が座っている椅子の横に立ち、彼女の上にかがみこんでいる。もちろん、彼女にさわっていたのに決まっている。彼女がやめさせたのかもしれないし、ひょっとしたらひっぱたいたのかもしれない。だが、そんな様子は見えなかった。そして、もちろん彼は後ずさりした。

ベランダを照らすのは、明かりがついた部屋の窓からもれる光だけで、それほど明るいわけではなかった。虫などが集まるのでベランダには明かりをつけられないのだ。床は薄暗くぼんやりとした川で、ワニやピラニアでいっぱいだ。その上をわたしたちは漂っており、小さなボートのテーブルのまわりに椅子が集まっている。ジャングルは頭の真上、手すりのすぐ向こう。ぞっとするほど堅牢な、巨大で威嚇的な黒い壁だ。樹はさわれるほど近くにある。かすかにかすかに、絶え間なく忍び寄り、迫って来る不吉な、大きな樹の壁にわたしは圧迫感を覚えた。他の二人に目をやると、まったく落ち着きはらっている。彼らは気がついていないのだろうか……。

クラリータは窓に背を向けており、椅子の上に置かれた片手だけが光を浴びていた。彼女の手は、他の部分と同じように美しく、指はすらりとして先細で、その先の爪も申しぶんがない。その爪に彼女はいつもきれいにエナメルを塗り、とても長く、まるで踊り子がつける金の作り物の爪のように長く伸ばしている。わたしの手が醜いので、よけい彼女の手に目が行ったのだろう。どんなに懸命に洗ってもわたしの手は汚らしく見えるし、指は太くて短く、爪はでこぼこで、かんだ跡だらけだ。自分の手が恥ずかしいので、わたしはできるだけポケットに隠すようにしていた。そんなことをするとかえってみんなの注意が手に集まるわよと、クラリータは言った。

これは、いかにも彼女が言いそうなことだった。

わたしは、相変わらず乱れたままのベッドの上に横たわっていた。どうにかして眠らなくてはならない。くたくたに疲れていたが、吹出物のために眠れなかった。ようやく、数分間うとうとすることができた。それから、体をかきむしりながら、また目が覚めてしまった。どういうわけか、三角形が全部、体の下で丸まったシーツのひだの中に集まってしまっていた。その先がちくちくと刺さり、ひとつ、太ももに突き刺さっていた。それを抜き取る頃には、むずがゆさは耐えきれないほどになり、シーツが背中を焼いていた。

わたしはベッドから転がり落ち、裸のまま突っ立って、腕からわきの下からへそから向こうずねから、体じゅうをかきまくった。血の量から見て、この前にも、半分眠りながらかなり徹底的にかきむしったにちがいなかった。このずんぐりした指で、こんなに長くて深く、血が流れるほどのかき傷がついたことにわたしはびっくりした。むしろ、動物の爪でできた傷のようだった。血が向こうずねをつたって床まで流れていたし、シーツの上だけではなくてマットレスにまで血がついていた。

クラリータが現われた。ぴかぴかした光沢があり、夕陽を映し、そよ風に波立つ穏やかな水面のように一面にひだがある、柔らかい、絹のような生地の金色のロングドレスを着ている。何て彼女はきれいなんだろう、ということしかわたしは思いつかなかった。わたしには聞こえなかったことを彼女は何か言ったのにちがいない。彼女は両手で何かの手ぶりをしており、爪が光を受けて輝いた。つぎに起こったことは、どういうわけかわたしの片腕が彼女に巻きついていたということだった。わたしは片手で彼女を強く抱きしめ、もう一方の手は、痛くなるまでかき続けていた。彼女を抱きしめながら、肉を引き裂いているのは彼女の手なのだかわたしの手なのだか、まったく分からなくなってしまった。これは説明のしようがない。そのとき彼女がわたしを強く押したので、倒れそうになってしまった。彼女の美しいドレスに血がべったりついたことだろうと思ったのだが、どこにもしみひとつなかった。彼女がときおり見せるあのぎょっとするような表情が浮かんだので、彼女の言うことを聞かなくても、わたしにひどく腹を立てているのだと分かった。

「どうして、少しはわたしに優しくできないの?」突然泣き出しそうになりながら、わたしは尋ねた。「どうして、いつでもわたしを傷つけたがるの?」

わたしは、ベッドの上の三角形をいくつかつかむと、てのひらにのせて彼女の前にさし出した。彼女は当惑したように見ながら、こう言った。「いったい何なの? どこにあったの?」それからいきなりげらげら笑い出し、うまく話せないほど激しく笑い続けた。「わたし、それを紙くずかごに捨てたのよ」相変わらず笑い続け、あえぎながらようやくこう言った。

そうして、彼女がまだぎょっとするような顔をしているのかどうか、わたしには決めかねた。

人々が集まってきていた。外で車の音がする。ベランダのドアからのぞいてはみたが、自分の姿を見られたくなかったので、わたしはクラリータに何が起こっているのか尋ねた。

どうやら、わたしは事態を飲みこんでいなかったらしい。彼女は、スマートな制服姿で入って来たこの背の高い、ハンサムな若者と出かけるために待っていたのだ。D‐Bだとわたしは気がついた。その制服を着ていると、彼は確かに〝理想の恋人《ドリーム・ボート》〟に見える。まるで理想の恋人を型通り演じているようだ。

「彼女をリムの家のダンスパーティに誘おうと思ってね」彼はわたしに説明した。「パーティはひと晩じゅう続くから、彼女はぼくのところに泊まるかもしれない」彼は、自分自身と服装と、そしてその服の取り合わせに満足しきっていた。何もかもひどい悪趣味だとわたしは思った。彼女がその計画に賛成なのかどうか知りたくて、わたしは冷静にクラリータを見ようとした。

「その時にならなけりゃ、分からないわよ」彼女はこう言うと、彼と一緒に出て行った。すぐに車で出かけると彼は言った。わたしは完全にみじめで、見捨てられた気持ちになり、泣き出したいほどだった。

ガラスが割れる音がした。外の群集が騒がしい音をたてている。酒を飲んでいる連中がたくさんいるのは確かだった。みんな帰ってくれ、眠らせてくれ、とわたしは願った。そうする以外、どうしようもなかった。彼らは『あなたの様子』を歌い出し、またそっくり初めから繰り返しだとわたしは思った。外で彼らと一緒に酔っぱらったほうがましかとも思った。こんなに彼らが大騒ぎをしていては、眠るどころではない。

わたしは、気が狂ったようにこの古いレーシングタイプのブガッティーを運転して、クラリータを追いかけていた。彼女をD - Bから引き離さなくてはならないからだ。その考えで頭がいっぱいなため、恐ろしいジャングル内の道路というのは深さ四フィートの穴がほうぼうにある小道にすぎないのだが、わたしはどんどんスピードを上げた。道はどんどん狭くなり、悪くなっていく。樹がますます近くに迫ってくる。根が地面の外に飛び出して大聖堂の扉ほど高々と弧を描いているものもある。怪しげな、姿を現わさぬ動物が、ジャングルの奥深くで動き、うなり声を上げた。ヘッドライトが、道端の蔓を真っ白に照らし出したが、それは蔓などではなくて、大きな白い蛇だった。

道に巨大なにしき蛇が横たわり、ゆっくりと体をゆすっていた。わたしは向きを変えたが、蛇を避けるだけの道幅がなかった。あっという間に、蛇が恐ろしい力でわたしに巻きつき、車から引きずり出そうとした。わたしにできるのはハンドルにしがみつくことだけだった。わたしはハンドルを放そうとしなかったし、大蛇はわたしを放そうとしなかった。ブガッティーが激しく前後に揺れた。そのとき、もうこれまでというとき、どういう加減でかフロントガラスの上端が巻きついた蛇を切り裂き、わたしは蛇の血にまみれながら運転を続けた。

「かまやしないわ」なぜだか分からないまま、わたしは、〃森の炎〃の木から見つめているクツートに叫んだ。彼の頭と顔は真ん中が裂けていて、その裂け目から蘭が咲いている――白いものだ。頭のてっぺんから花が出ているのだから、その根はどこか鼻の奥にあるのだろう。彼の口は返事をしなかった、喉から副鼻洞から何から、おそらく口の中は根でいっぱいで、話すことができないのだ。ちょうどそのとき、排気管が恐ろしい音をたててはずれ、ブガッティーは、〃森の炎〃に衝突し、わたしはいつの間にかヘリコプターになってまっすぐ空中に舞い上がった。

目の前に家が見えた。戸も窓も全部開いていたので、わたしは中に入った。家の中には明かりがなく、真っ暗だ。どこからか、エレキギターのアクセントがついたドラムの音が響いてくる。恐ろしい暑さだ。空気はどんよりとして重苦しく、マリファナの匂いがする。このフロアは、マリファナ好きの人間でいっぱいで、火をつけるときに一瞬顔が見える。「薬《やく》をどう?」声がした。わたしは代りに飲み物を頼んだ。そのほうが早いと思ったからだ。すぐに見つけないと永久にクラリータを失ってしまうような気がした。「みんなマリファナを吸ってるんだ」興味をなくしたように先ほどの声が言い、そして暗闇に消えてしまった。

煙草に火をつけるほんの一瞬にひとりひとりの顔をじっと見つめながら、わたしはみんなの顔を順々に見ていった。しかし、クラリータの顔も、わたしの知っている顔もない。みんな知らない人間の顔ばかりだ、そのためにわたしは悲しくなった。すぐにここを出なければいけないのに、ドアが見つからない。壁を手さぐりして進み、人にぶつかるたびに、彼女を見かけなかったか尋ねた。誰も答えてくれない。たぶん、この質問が分かりにくかったのだ。わたしの声は自分でもおかしなものに聞こえたくらいだから。まるでわたしの声ではないみたいだ。

不意に明かりがつき、すぐに暑さは十倍もひどくなった。ひとつひとつの明かりが熱を放射するし、イワシのようにぎゅうぎゅう詰めの人混みが、汗をかいた体からそれ以上の熱を発散している。彼らは混みあった部屋からあふれ出て、庭に、そしてさらにはジャングルにまで入りこんでいった。邪悪な姿をした木にゆわえつけてある一連の豆電球のおかげで彼らが見えたが、豆電球に照らされた彼らのほうがもっと邪悪に見えた。蛇も見えた。白い蛇が、白い蘭にからまり、爬虫類特有のリズムで体をくねらせている。人々は蛇に気づかず、ジャングルの中で声を限りに笑ったり話したりしている。豹かジャガーの獰猛な流線型の姿が、こっそりと、髪を梳く櫛のようになめらかに、彼らのすぐわきの藪をかき分けて行ったときも、彼らは気がつかなかったようだ。人間たちの間で、野生の獣は一種独特に見える。まるでダンスでもしているようで、猛々しい迷彩色の毛皮一面にかすかな明かりがちらついている。ときおり、そのうちの一匹がぺったり地面にうずくまる。緊張し、尻尾の先をぴくぴく動かし、跳躍にそなえて筋肉が盛り上がる。そしてつぎの瞬間、丸々としておいしそうな少女に飛びかかると、くわえて引きずっていく。彼女が悲鳴を上げても、やかましくて聞こえないし、こういった略奪に誰も気づいていないようだ。

あまりにたくさんの体にはさまれて、わたしは身動きするどころか、かゆくてたまらないのにかくこともできない。わたしのまわりの話し声は他よりも大きいものに思われ、そのやかましさは耐えきれないほど恐ろしいものだった。人混みと暑さと騒音とむずがゆさとで、気が狂いそうだった。どうにかこうにか腕を交差することができたので、右手で左腕を、左手で右腕をかくことができた。しかし、ほっとしたのもつかの間だった。絶望的な気分になって、わたしはつぎつぎと顔を見まわした。みんな口を大きく開けている。かみかけの食べ物でいっぱいの口もあれば、他の人間の舌でいっぱいの口もある。どの口もどの顔も知らない人間のものばかりだ。この騒然とした群集の中に、わたしがこれまでの人生で出会ったことのある人間はただのひとりもいないし、誰もわたしに気づきもしない。なぜか、そのためにわたしは恐ろしくさびしい気持ちになった。

そのとき、人混みの中、ずっと向こうにトーキルの顔が見えた。何はともあれ、少なくとも知った顔があったわけだ。彼は口をすぼめて何か叫び、急ぎの話でもあるように両手を振った。当然クラリータのことだろうと思い、聞こえないわ、もっと近づかなきゃだめだわ、とわたしは叫んだ。しかし、騒々しさのためにお互いの言っていることはまったく分からず、わたしたちの声は騒音にかき消されてしまった。わたしは、びっしりと固まった、湯気を立てている人の群の中に飛び込んだが、その中をかき分けて彼に近づくことはできなかった。それでも、内容はわからないが、彼の叫び声はまだ聞こえていた。「彼女はどこ?」騒音の海の中で、わたしは半狂乱で叫び返した。しかし、もう彼の声は聞こえなかった。わたしは海底まで沈んでしまったから、彼にわたしの声は届かないということが分かった。そして、もがいてまた上まで上がってきたときには、彼の姿は消えていた。

彼をさがしていたとき、誰かがわたしにぶつかった。D-Bだ。彼はわたしの前に立ちはだかり、わざと行く手をさえぎった。彼のほうがずっと大きいので、そうされるとわたしは前も見えないし、通ることもできないのだ。彼は片手に持った大きなびんをらっぱ飲みし、その合間に叫んでいるのか、歌っているのかしている。いや、あるいはハイエナのように笑っているのかもしれない——とにかく何にせよ、ひどい音をやつぎばやに立てている。耳が聞こえなくなりそうだ。

「黙って! どいてちょうだい!」わたしは彼にどなりつけ、向こうずねを蹴とばそうとした。「彼女をどうしたの?」わたしは繰り返し繰り返し叫んだ。しかし、彼は答えず、びんを傾け、頭をうしろにそらせながら、あのぞっとするハイエナの笑い声を上げるだけだった。びんの中身が彼の喉を流れていくのをわたしは見ていた。彼はひとびん飲み干してしまい、びんは空になった。そしてがしゃんと、彼がそのびんをわたしの頭にたたきつけ、びんと一緒に頭まで粉々にしたので、わたしは地面に倒れた。割れたびんと骨の破片が、突然羽でもはえたように、四方に飛び散った。

そのとき、金色のドレスをまとったクラリータがいた。わたしのすぐ横に立ち、ほほ笑みながら、わたしを助け起こしてくれるかのように片手を差し出している。彼女がとても優しいので、もちろんわたしは喜んだ。だが、彼女は口もきかず、手も貸してくれず、まったく何もしなかった。そして、奇妙な、ゆらめく光の中で見つめているうちに、彼女が変わったように思われた。顔が違って見えるし、ほほ笑みは狂気じみてきたので、わたしは半ばおびえていた。目が痛くてよく見えない。だから、彼女の姿がはっきり分からず、怖くなってしまったのかもしれない。

そのとき、いきなり彼女がわたしに飛びかかり、わたしを強く抱きしめたので、肋骨がみんな折れてしまったような、砕け散る感じが体の中でした。わたしは動けなかった。麻痺してしまった。そして今や彼女は本当に狂っているように見えたが、同時に、愛情あふれんばかりの様子で、両のこぶしでわたしの顔から何からなぐりつけた。わたしは、もがく気にもなれなかった。すると、彼女はわたしの両腕をねじって筋肉をつねりはじめ、しまいには手の骨をがりがりとかみ出したので、わたしは痛さのあまり叫び声を上げて彼女を止めようとした。しかし、いったん血の味を覚えてしまった彼女を止められるものは何もない。彼女はわたしの手から手首にかけて骨までかきむしり、血をなめ、それから自分の手についたわたしの血をなめていたが、それは獰猛で毛むくじゃらの虎の手だった。

はるか離れて

「アウト！」審判が叫んだが、アウトではなかった。ボールがラインの内側にあるのがはっきり見えたので、わたしはそう言った。疑問の余地はなかった。わたしはネットプレイをしようとダッシュしていたので、彼女よりも近かったし、よく見える位置にいたのだ。しかし、それでも彼女はアウトだと言い張った。「つべこべ言わない！　審判の判定は絶対だということはご存知でしょ」何かについてわたしを目の敵にしている、クラス担任だった。

「でも、審判は間違ってます――わたしには分かってるんです――間違いです、絶対に！」自分の目に見誤りはないとわたしは確信していた。わたしの目は彼女よりもいいし、物を見るのも十倍は早いのだ。彼女には審判をする資格なんか全然ないのだ。ラリーのスピードが上がれば、ボールを見失ってしまうに決まっている。

担任がまた言った。「もうたくさんです。もうひと言口をきいたら、プレイはできませんよ」

わたしは抗議した。「そんなの不公平です、あのポイントはわたしのだったから……」

しかし、さえぎられてしまった。

「わたしの言ったことは聞いたでしょ。すぐにコートから出て、教室にお戻りなさい」

「そう、じゃいいわ」わたしは心の中でつぶやいた。「卑劣で不公平でいたいんなら、どうぞご自由に――それしか能がないんだから！」あまり腹が立ったので、わたしはラケットを思いきり地面にたたきつけ、誰にも目をくれずに立ち去った。

「あの子は適応不能なのよ」通りすぎるときに審判がこう言うのが聞こえた。この用語は、その学期、職員たちの間ではやっていたものだった。適応不能というのは、いったい何に対してなのだろう？　この間の抜けた、いまいましい学校に対してだろうか？　それならばむしろ望むところだ。

わたしは本当にここが嫌いだ。何もかも嫌で嫌でたまらない――女の子たちも、教師たちも、校則も、ぞっとするような制服も。お金さえあれば、行き先さえあれば、とっくの昔に逃げ出していただろう。掃除婦かウェイトレスかあるいは何か他の仕事をすることも考えたが、それだけの年齢になっているとは見られないだろうということが分かっていた。わたしが十二歳以上だとは誰も信じてくれないし、十二歳にすら見られないこともときにはあるのだ。

わたしは、テニスコートでの事件に腹を立て続けていた。ラケットのわくはひどく曲がってしまい、ガットが三本切れていたが、修理するだけのお金がわたしにはなかった。ジュニア・トーナメントに出場する予定になっているから、たぶんゲーム・クラブから借金できるだろうが、そうすればお説教され、自分が悪いのだと言われ、審判というのはどういう存在かまた繰り返し聞かされることになるだろう。それに、もう、嫌らしいトーナメントなんかで試合をしたくない。そこで、わたしは掲示板まで行って、リストのわたしの名前を消した。このことで誰かに何か言われるたびに、わたしは、もうテニスはしないのだとだけ答えて、あとは貝のように黙っていた。彼女たちは、わたしの口からそれ以上ひと言も聞き出せず、いらだち、当惑した様子で離れて行くのだった。このことでささやかな成功を収めたと思い、わたしは、これからは誰にも何も言うまい、単刀直入の質問にできるだけ短く答えるだけにしよう、と決心した。これはかなり面白いことだったし、他の誰よりも偉いんだという気分になった。一度慣れてしまえば、話をしないでいるのがこんなにもたやすいことかとわたしはびっくりした。わたしと同じ学年の女の子たちは好奇心いっぱいだったが、わたしが何をたくらんでいるのか見当もつかなかった。何か秘密のいたずらをされていると思ったことだろう。わたしがずっと話さないままでいられるとは、彼女たちはひとりも信じていなかった。最初のうちは、わたしに口をきかせ、仲間に入れようとした。わたしのことを心配したからではない。わたしの沈黙に腹が立ってきたので、それを何とか破りたかっただけなのだ。だが何日かがすぎ、自分たちの努力が何の効果も上げないと悟ると、彼女たちはあきらめてわたしを放っておいた。

この頃までには、わたしはすっかり沈黙と孤独に慣れてしまっていた。もちろん、授業中は質問に答えたり、話したりしなければならないので完全な沈黙というわけではなかったし、学校でひとりぼっちでいるというのは不可能なことだ。しかし、わたしはできるだけみんなから離れ、まるでまわりの人間が存在していないかのようにふるまった。このことがどんなにみんなを怒らせたか、彼女たちの態度から分かった。同じ寮の女の子たちは、わたしを仲間はずれにすることで仕返しができると考えたらしいが、これこそわたしが望んでいたこと、わたしにぴったりのことだった。やがて、だいたい学校中がわたしを無視するようになった。わたしはもう、しゃべらせようとする人間にわずらわされなかった。職員は、わたしにはほとんど注意を払わなかった。彼女たちの生活はわたしたちとは別れているし、住む家も違うので、何が起こっているのか気がつかなかったのだろう。とにかく、気がついた様子はなかった。

わたしは自分に非常に満足していた。日曜日だけが嫌な日だった。夏になるとわたしたちは、晴れた日曜日の午後を、読書をしたり手紙を書いたりして戸外ですごすことになっていた。小牧場の草が、刈り取られたあと地面に置きっぱなしになっているので、日曜日のペアやグループを組んだ女の子たちはそれを積み上げてそれぞれ囲いを作ると、ひとりないし複数の特定の友だちと一緒にその中に入って姿を隠すのだった。このときだけは、わたしはひとりでいたくないと思った。職員は非番で、わたしたちは二時から夕食までの長い午後を好き勝手にすごせるのだ。そしてその間じゅう、人っ子ひとり見えず、ここには誰もいないのかと思われるほどだ。もちろん、庭も小牧場も果樹園も（構内から出ることは禁じられていた）女の子でいっぱいなのは分かっている。しかし彼女たちの姿は見えない。干し草の山の大ざっぱな円形の壁の向こうに隠れていたり、杉の大木の手頃な枝にのっかっていたり、びっしりおい茂った植え込みの中に何十とある隠れ場所に身を横たえていたり、野外舞台の裏に生えている大きなしゃくなげの藪の中にいたり、菜園のふさすぐりやグーズベリの木やきいちごの若枝の間にいたりするのだ。

そのときだけは、ひとりぼっちでうろうろ歩き回る身としては、自分が人目につき、しかものけ者にされた存在だと感じずにはいられなかった。みんなと一緒にいたくはないのだが、四方からじっと見つめている隠れた目を意識しないわけにはいかない。行き場所を見つけるのがひと苦労だった。奥まった場所に足を踏み入れれば、間違いなく、隠れた見物人に出くわす。これは、一番嫌なことだった。一方、一週間のうちでこの日の午後だけはわたしよりも強い立場にいるらしい敵から見張られ、笑われ、馬鹿にされていると知りながら、何時間も戸外にいるのはごめんだった。このときだけは、本当に話し相手が欲しかった。話し相手がいれば、目に見えない見張りや、通りすぎたあとに茂みの中で起こるひそひそ話を忘れることができるだろう。

そうして、本当に話し相手ができた。まったく申しぶんがなかった。九歳か十歳の頃から思い出したこともなかった双子の姉がいきなりやって来て、小さい頃よくしてくれたようにわたしに付き合ってくれたのだ。彼女にまた会えてわたしは嬉しかった。彼女はいつでも、いい考えを持っているのだ。

彼女が初めて現われた日曜日は、たまたまとても暑い日だった。わたしたちは、白く日に照らされた庭の中をゆっくりと歩き、それから桑の木のそばの固い、茶色の芝生に横になった。しかし、たれ下がった枝の下の日陰に行こうと彼女が言ったので、あそこにはスパイがいるに決まっているからだめだとわたしは言った。

「しょっちゅうわたしたちを見張ってるのよ」わたしは説明した。「今は姉さんが一緒だからかまやしないけど。来てくれるまでは、滅入っちゃいそうだったの——日曜日の午後が怖かった」

「庭じゅうにスパイがいるんなら、あたしたち、家の中にいましょうよ」彼女は言った。「そのほうが涼しいわ。それに部屋を全部二人で自由に使えるじゃないの」これこそまさにすべきことだった。なのにわたしはちっともそのことに思いつかなかったし、決して思いつきもしなかったろう。

今では、学校にいることがそれほど苦にならなくなった。むしろ、学校にいるという感じがほとんどしなかった。わたしは、学校生活とはまったく離れており、ひとりでいて、口もきかず、そしてしょっちゅういなくなった。まわりで起こっているあらゆることからますます離れていく様子を考えるのは楽しかった。教室では他のみんなと同じようにしていなければならなかったが、授業がとてもやさしいので、本当のわたしが教室にいなくてもすんだ。

いなくなる、というのは新しく始まったことで、説明するのがいささか難しい。ちょうど、目の焦点をずらすと部屋が消えて見えるのと同じように、ぼんやりとしたものの中に入りこむといった感じだ。こう言う以外、どのように説明したらよいのか分からない。わたしの意味したいことを言葉にするのは難しいのだ。眠りながら歩くのと少し似ているかもしれない。というのも、戻ってくるところだったのかいなくなるところだったのか、わたしは一度自分の姿をほんのちらりと見かけたことがあるのだが、そのときのわたしの顔は、夢遊病者の顔と同じようにぼんやりと無表情だったのだ。夢遊病者を実際に見たことがあるわけではないが、写真があったのだ。そのうち、他の人々がこのことに気がつきはじめた。わたしが本当は自分たちと一緒にいないことに気がつくと、女の子たちはわたしを引き戻そうとどなったりつねったりした。彼女たちのこうした行動は分かっていたから、わたしは耳が聞こえ、感触もあったのにちがいない。だがそれは他の部屋で起こっていることであって、わたしには何の影響もなかった。わたしは戻ろうとしなかったし、彼女たちはどうすることもできなかった。

つぎに、職員がわたしを見つめ、質問をしはじめた。ぼんやりとした状態から戻ってくると、しかめ面をしている大人の顔に、わたしを見つめているのに、そうではないふりをしている二つの大人の目に出くわすことがときどきあった。教師の声が怒ったり、ばかげたことを言ったりしていることがときどきあった。しかし、わたしはいつでもクラスのトップ近い成績だったし、授業中の勉強にも何の問題はなかったから、教師たちもやはりどうすることもできなかった。

しまいには、みんなわたしに慣れてしまったのだろう。長いこと、誰もわたしを悩まさなかったし、何もかもまったく変わりなく続いていった。唯一の変化は、日曜日のスパイ活動が前にもまして積極的になったことだった。女の子たちは、わたしたち二人をつけ回しはじめ、物陰に隠れては姉とわたしがしゃべっていることを聞きとろうとしだした。わたしたちは気にしなかった。彼女たちなどどうでも良く、わたしたちにはほとんど彼女たちが目に入らなかった。彼女たちの間抜けたくすくす笑いを無視するのはたやすいことだった。

いったいいつ、そしてなぜ、この精神科医のところに連れて来られたのか、わたしは正確には覚えていない。彼は親切で優しい人間のように見えた。安心して話すことができるタイプだ。そこでわたしは彼に、適応不能であること、そして学校の他の人たちのようになるくらいなら適応不能でいるほうが良いと思っていることを話した。彼は同意してくれたという印象をわたしは持った。彼は口数は少なかったが、言うことは分別があり、思いやりがあった。

彼にいろいろなことを話すのは苦にならなかった。

「この、君の双子の姉さんのことだけれどね」彼が言った。「これは君のゲームなんだろ? だって、本当は女の兄弟はひとりもいないし、ひとりもいなかったってことは君も承知してるんだからね」

「そういう言い方をしたいんならご自由に」わたしは答えた。

彼はにっこりした。「君ならどう言う？」わたしはどんなことであれ話をするのは避けるようにしているのだと彼に言った。彼はそれ以上は追求しなかった。優しい人なのだ。

「それじゃ、このいなくなるってことだけれどね」別の面接のときに彼が言った。「もう少し説明してもらえないかな？　君はどこに行ってるの？　そこで何をしてるの？　夢を見ているみたいなものかな？」どうやって彼に説明しようかとわたしは懸命に考え、何とか努力してみた、とても簡単なことなのだが、言葉にするのはとても難しいのだ。

「うーん、ちがうわ、そうじゃない。何かもっと……」話しはじめると、文章が口からほとばしり出た――「人は、ここに存在しているか、あるいは存在していないか、のどちらかでしょ？　もしここに存在していないのならば、どこか別の場所に存在していなければいけないわよね、つまり、いなくならなくちゃいけなかったってことだわ……」これ以上明確に言うことはできなかった。話をよけいややこしくしてしまうだろう。だが彼は大目に見てくれ、質問を続けた。

「どうして自分はいなくなるんだと思う？　自分のいる所が嫌いだから？」

「ひとつにはそうね。でも、それは理由の一部にすぎないわ。もっと何かがあるはずよ。もっと強いものがね。自分の居場所が気にいらない人間はたくさんいるわよね。もし、それがいなくなることの理由として十分足りるんなら、もっとたくさんの人がそうしてるはずじゃない、そうでしょ?」

まったくくだらないと彼に思われないだろうかとわたしは思った。もうこの話はやめにしてくれないかと思った。わたしはそのとき、自分の考えが全然はっきりしなかったのだ。一瞬のうちに、すべてのことがぼんやりとしたものの中に消えて行きはじめた。残っているのはわたしの声だけで、それが話すのが聞こえた。「人がいなくなるのは、その男の人ないし女の人が誰か他の人のために場所をあけなくてはいけないからだと思うんです。二人の人間がひとつの肉体を共有している場合もありえますよね。例えば、あたしの双子の姉妹が、あたしの体を共有しているかもしれない。そうしたら、あたしは彼女が来るときは必ずいなくならなくちゃいけない、そうでしょう?」こう言ったのは本当は彼女だった。わたしの口を通して話しはじめたのだ。最後の言葉が出たとたんに口がこわばる感じがし、まるでわたしは本当はどこか別の場所にいるかのように、顔全体があの無表情な夢遊病の顔になった。彼女が来てくれてわたしは嬉しかった。

これで彼女は彼と話をし、わたしたちのことを説明し、すべてのことをはっきりさせることができる。いつだって彼女のほうがわたしよりも頭がいいのだ。もういなくなることができ、これ以上考えなくても良いので、わたしはほっとした気分だった。

今と昔

今では、四年前に初めて会ったとき、彼は画家だったということがときどき信じ難くなる。

あの頃、彼は完全に仕事に没頭していた。パリとアムステルダムで意味の大きい個展を開いたし、彼の絵はいたる所の画廊に展示され、どの批評家も、彼の前には輝かしい未来が開けていると意見を一にした。仕事熱心なだけではなく、仕事をしていないときは、奮闘を要するようなことを好んで行ない、登山、水泳、スピードボート、快速の車を愛し、自家用飛行機の操縦を習っていた。

今では、全然仕事をしない。絵も、その他の事もすべて投げ棄ててしまったのだ。今彼が好む唯一のことは、まったく何もせずにベッドかソファーに横たわっていることだ。

あの頃、彼は外見にとてもうるさく、気難しかった。靴は十八足あり、あらゆる場合と気候に合った上品なスーツの数は途方もないほどだった。一日に数回取りかえることもあったシャツは手縫いの特別製で、ポケットには組み合わせ文字《モノグラム》が刺繡してあった。堅苦しい恰好をしていたというわけではない。地方にいるときは、しょっちゅう土地の人間と同じような服を着ていた。ただ、彼の服はいつでも有名な服屋に作らせたもので、その品格は決して失われなかった。

今では、彼は一日中ガウン姿でうろつき回り、だらしがなく、ひげもそらない。服を着ると、その高価な服は、まるで他の人からのお下がりのように見える。彼にはきつすぎるし、アイロンはかかっておらず、食べ物や酒や煙草の灰や、得体の知れないもののしみがついている。

初めて彼と出かけたとき、彼がブルーのシャツとミルクのように柔らかくて真っ白なコーデュロイのズボンを身につけていたことをわたしは覚えている。あのとき、彼はとても魅力的で、セクシーだった。ほっそりしているというわけではなかったが、太っているということもなく、浅黒くて男らしく、地中海風に筋骨たくましく、どっしりと均整がとれた体をしており、鷲のような横顔と、長い長いまつ毛に囲まれた美しい海の色の瞳を持っていた。

今では、体重が増え、しかもそれが似合わない。太ったために平凡な中年男に見える。肌は相変わらず浅黒いが、どういうわけか不健康に見え、日焼けというよりむしろ黄疸のようだ。

外見も、そしてその他のすべての点でも、彼はわたしが結婚した男性とはまったく似ても似つかなくなっている。

あの頃、わたしたちには共通点がそれはたくさんあった。今では、ほとんどすべてのことで正反対だ。あの頃、彼は陽気で、親切で、面白かった。社交的だったがひとりでいても平気だった。いつでも仕事第一だった。今では、仕事をやめてから前以上に社交好きになったが、その社交というのが何とも不愉快なものなのだ。毎晩のように一緒に飲む相手を見つけずにはいられないのだ。それが誰であろうと彼は気にしていないらしい。

あの頃、彼の明るさの下には、世間には見せない秘密の真剣さとでもいったものがあり、それがわたしには魅力であり、たまらないものだった。仕事に、そしてあらゆる私的な、内面的なことに、彼がどれほど真剣に取り組んでいるかわたしには分かった。とにかく、あの頃はそう思えたのだ。

今では、この隠れた真剣さは存在していない。彼の全人格はすっかり変わってしまっている。

あの頃、彼はわたしと二人きりでいることに、そして自分の仕事に、完全に満足していた。今では、仕事のための時間もわたしのための時間もなく、あるのはただバーで知り合った他人のための時間だけだ。これがわたしには理解できない。

わたしたちは二年の間二人きりでいて、ヨーロッパじゅうを車でまわり、好きな所に腰を落ち着けていた。ああいう生活を続けていられさえすれば……。あれはわたしには申しぶんのない生活だった。わたしは本当に幸せだった。そして、彼も幸せだったろうとわたしは確信している――このことでわたしが間違っているはずはない。わたしたちはあの頃恋をしていた、それは密接なつながりを持っていた。わたしが考えたり感じたりすることはすべて彼と同じであるように思われた。彼はわたしの欠点や悪い点もみんな知っていた。そしてそれでも彼が愛し続けてくれたので、わたしの罪悪感はぬぐい去られたのだった。今では、みんなまた戻ってきて、わたしはいっそう強く罪悪感を覚えている。

あの頃、わたしたちはいつでも話していた。話題は何でも良く、すべてのことが話の種だった。わたしたちはしょっちゅうばかなことを言っていた。一秒たりとも退屈しなかった。レストランでときおり見かけるカップル——静かに座り、テーブル越しにむっつりと顔を見合わせたままひと言も話さない、そんなカップルだ——に同情したのをわたしは覚えている。あの頃は、そういう人たちを気の毒に思うのと同時に軽蔑したものだった。

今では、わたしたちがそうなのだ。信じられないことに思われるが、本当なのだ。今では、彼はわたしに何も話さないし、だからわたしも彼に何も話せない。二人きりのときは、彼はほとんど口を開かないし、セックス以外にはわたしに用はないらしい。

これは完全にわたしの理解の範囲を越えたことだ。どうして彼がわたしを愛するのをやめ、わたしと幸福でいることをやめてしまったのか、わたしにはまったく分からない。

あの頃、彼はそれは魅力的だとわたしは得心した。今では、彼を見るとわたしは生理的な嫌悪感を抱く。わたしはなるべく彼を見ないようにしている。彼が重い腰を上げて顔を洗い、ひげをそるのは飲みに出かけるときだけなのだから。寝椅子に寝そべっているあの太った、不精でだらしのない人間が、わたしがほとんどひと目で恋に落ちた男性と同じ人物だなどと信じられないくらいだ。

あれは四年前だった、間違いない。しかし、四年間でこんなにも違ってしまうものなのだろうか？　たった四年で誰か他の人間に変わってしまうなどということが可能なのだろうか？

わたしたちは、たまたま同じホテルに泊まっていた。窓の外に目をやると、彼が小脇にスケッチブックを抱えてぶらぶら歩いていくのが見えたことをわたしは覚えている。前の晩に、わたしは彼と二回踊っていた。そのダンスのときはあまり話をしなかった。しかしそのとき、窓から彼を見かけたとき、もう一度彼と話をすることが、何としてでも彼にすがりつき、決して彼を放さないことがきわめて重大なことであるように突然思われたのだった。突然、それが何にもましてさし迫ったことになった――急がなければ彼はわたしから身を隠し、広大な宇宙の中に消えてしまい、二度とふたたび見つからないだろう。

わたしは、自分が通常、衝動的な行動をする人間だとは思わないし、あのときでさえもそうだった。しかし、記憶に残っているのは、彼が外に出たら消えてしまうのではないかと恐れながら、エレベーターに飛び乗り、建物を飛び出してホテルの庭を狂ったように走って行く自分の姿だ。普通だったら、はねつけられるのではないかとか、がっかりさせられるのではないかと、そんなことを心配しただろう。しかし、あのときわたしが感じていた強迫観念はこういった懸念よりももっと強いものだった。彼に追いついたときに本当に心からほっとしたことをわたしは覚えている。駆けてきたので息が切れてしまい、わたしは口もきけずに、ただほほ笑んだだけだった。しかしそれは、まるでわたしという全人格が彼にほほ笑みかけているような、そんな特別な新しいほほ笑み方だった。わたしに会って彼が喜んでいるのかどうか考える暇はなかった。すぐに彼は喜んでいる様子を示してくれたのだ。

まったく簡単で自然なことだった。わたしたちは長年の友だちでいたのかもしれなかった。この出会いはあらかじめ定められていたものかもしれなかった。わたしたちは、人気のない小道を伝って海からもそして人々からも遠ざかり、シルバーブルーの山並に向かって歩いて行った。ときおり立ち止まると、彼が木に登って、太陽に照らされて暖まった、甘い無花果を手にいっぱいつんできたり、信じられないほど簡潔で正確な線で鉛筆書きのスケッチをしたりするのだった。

もちろん、自分たちの話もした。わたしのことで分かってもらいたいことをすぐに、そして何もかも分かってもらおうと、普段よりも早口で話していたのを覚えている。話をしているうちに、わたしは楽しく、そして生きている、という気持ちになってきた。それは、ずっと昔、モーターバイクのうしろにのせてくれた男の子たちと一緒にいたときの気持ちと同じものだった。あのときと同じ、容易に触れ合え、分かり合えるのだという感じが、他人から好かれているがために生まれた、自分は大切な人間なのだという意識がよみがえったのだ。あの当時、こういった思いがわたしを生き返らせてくれたのだった。とうとう、それがまた起こったのだ。わたしは本当に生きている。人生が始まるのをただ待っているだけの〝非人間〟ではないのだ。

彼もまた高揚しているように見えたこと、そして、何ということもなしにただ幸せな興奮から、二人で草の生えた斜面を、大きな白い石がごろごろしている干上がった河床まで駆け降り、わたしがその石につまずいたことをわたしは覚えている。彼は倒れかけたわたしをつかまえると、そのまま、わたしの体にまわした腕も、わたしの胸にあてた手もはずそうとしなかった。彼がそのとき、その場でわたしと愛を交わしたがったので、わたしは、「急いでちょうだい。わたしの気が変わらないうちに」と言った。そしてわたしたちは、背の高い、銀白色の枯れ草が顔の上でかさかさ鳴るなか、その向こうに青く、まばゆいばかりの空を見ながら、固く暖かい地面に横たわった。

彼をはなしたくなくて、しっかりとしがみついていたことをわたしは覚えている。これと同じことは二度とふたたびないだろうと、なぜかわたしは感じていたのだ。事がすみ、誰にも会うことなしにゆっくりと戻って行く途中で、これは現実に起こった出来事というよりはむしろ夢のようなものだとわたしには思われた。これほどの幸福が存在するのだということがまったく信じられなかったのだろう。

たぶんわたしには、そのような幸福を授かる資格がなかったのだろう。とにかく、その幸福はもうなくなってしまった。わたしの幸福はふたたび夢となり、かつては現実のものだったなどとも思えない。幸福が消え去ってしまったのはわたしのせいだったのだろうか？　わたしたちの結婚が失敗だったのは分かっているが、わたしにその責任があるわけではない。いつでもわたしは結婚することには反対してきたのだから。わたしたちは結婚するべきだと言い張ったのは彼の父親だった。わたしが気に入ったからではない。彼はおよそ好意的だなどとは言えなかった。しかし、わたしにはいくらかの財産とさらに相続する見込みがあり、彼は息子にその財産を所有させたがった。そのためにはわたしたちは結婚しなければならない——彼の頭はこう働いたらしい。

わたしは、このままの二人でいたかった。二年以上も二人で幸せに暮してきたのに、どうしてそれを変えなければならないのだろう？　最初の経験から、わたしは結婚状態というものを毛嫌いしていた。そしてオブローモフは（もちろん、当時は彼のことをオブローモフとは呼んでいなかった）離婚したばかりで、先妻は彼が子供に会うことを許そうとしていなかった。つまり、わたしたちは二人とも実りない結婚を経験しているわけで、どうしてまたためしてみなくてはいけないのかわたしには分からなかった。

彼も同じ意見だろうとわたしは思っていた。ところが、彼までも、わたしたちは結婚するべきだと言いはじめた。これは父親の影響だろうとわたしは考えた。しかしそのとき、別の動機が出てきたのだった。

彼の最初の結婚というのは、わたしたちがくわしく話し合わなかった数少ない話題のひとつだった。ただ、息子との接触を失って彼が悲しんでいるということはぼんやりと分かった。そして驚いたことに、彼はわたしに、結婚したら子供を産んでもらいたがっていたのだ。

これはわたしにとって痛烈なショックだった。わたしが考えたり、感じたりすることをすべて分かっていると思えるほどに、彼はいつでもわたしのことをそれはよく理解してくれていた。わたしがこの生殖作用というものをどんなに忌み嫌っているか彼に分からないというのは、信じられないことだった。生殖作用と考えただけで気分が悪くなるくらいなのだ。しかし、わたしは彼を愛していた。あの頃、彼がわたしにして欲しいと望めば、それがどんなことであれ、わたしはいやだとは言えなかっただろう。そこで、結婚式が彼の望みだったから、少なからぬ不安を抱きながらもわたしはそれをやりとおした。

結婚式を終えたときは本当に嬉しかった。そして、彼の父親が帰り、またわたしたち二人きりになれたときはもっと嬉しかった。以前の親密で、他人から離れた生活に戻るのが待ち切れなかった。ああいうことは二度と起こらないのだとわたしは悟っているべきだったのだ。

まるで、老人を厄介払いすることができなかったような状態だった。彼がいまだに一緒にいて、わたしたちの行く所、行く所、その影響力でわたしたちを包んでいるようだった。いつでも彼が会話の中に入りこみ、二人の間に入りこんだ。

オブローモフがオブローモフに変わりはじめ、わたしがその名前で彼のことを考えはじめたのはこの頃だった。すぐに彼は仕事にも他のすべてのことにも興味をなくしてしまった様子で、絵に費やす時間はどんどん短くなり、何もしないでいる時間がどんどん長くなった。

同時に、彼とわたしが二人で幸せに暮していた時期に冷淡だったと父親から非難されたため、彼は無意識のうちに罪悪感を抱きはじめた。このことを彼はわたしに話さなかったが、話してもらう必要はなかった。父親の霊体がいつでも漂い、二人のまわりを回っているのだ。肉体を持った彼が存在するよりも始末が悪かった。わたしたちが移動するたび、彼が待ちうけているのではないかとわたしは半ば予期していた。そして、新しいホテルに着くと必ず、彼はわたしにとっては本当に肉体化し、わたしが彼に会うと定められた特別な場所に現われるのだった。カマーバンドと、均整の取れたウエストラインを見せびらかし、細くて黒い葉巻をふかしながら階段でポーズをとっていることが多かった。わたしたちは気分転換のために、ときおり短期間別荘を借りた。そういうとき、わたしは家の中にすぐに入るのが怖かった。彼が先に来ていて、一番良い部屋に自分の荷物を広げ、そしてすぐにわたしに、暖炉に薪で火をたけだの、手に入りっこない食べ物を用意しろだの要求してくるのが分かっているからだ。こういったことは、彼が実際に存在する以上にひどい影響をわたしに与えた。

この幽霊に生活をおびやかされているなかで、わたしは、まじめな画家が、かつてはわたし自身の一部のように思われた燃えるような、精力的な男が、どんどん無気力で無関心で、近づきにくくなっていき、昼間はずっとガウン姿でごろごろし、夜になると飲みに出かける様を見なくてはならなかった。まるで、目の前でオブローモフが彼と入れ替わるようだった。この変化を見るのは恐ろしかった。何が起こっているのかわたしにはまったく分からなかったからだ。この事態について話し合おうと彼に懇願し続けたのだが、彼はいつでも拒絶した。それどころか、何かについてでもわたしと話すのは嫌なように見えた。

もう一度仕事を始めるように、わたしは必死に彼を説得しようとした。彼が起き上がろうとしないので、スケッチブックを取って来ては木炭と一緒に彼のそばに置いておいたものだ。わたしが部屋にいない間に何か描いてくれないかと思ったのだ。しかし後で戻ってみると、いつでも、スケッチブックも木炭もわたしが置いたときと同じままなのだった。

彼の心を紛らわせ、喜ばせようとわたしは考えついたことはすべてやってみたけれど、彼はそのことにただいらいらするだけのようだった。わたしが変わったのではないということは分かっていた。わたしは前と少しも変わっていない。ところが、ついにわたしは、彼がもうわたしと一緒にいたがっていない、あるいはわたしがするのと同じようなことをしたくないのだということを知り、それを認めざるを得なくなった。

わたしは活動的な性格なので、何もしないでいるというのは不可能なのだ。常に何かをしていなくては気がすまない。そこでわたしは、暇つぶしのためにせかせかと、しないでもいいことをあれこれするのだった。

彼はわたしのことを何もかも知っているから、わたしが精力に満ちあふれているのは仕方のないことなのだと承知していたにちがいない。それなのに彼は、ちょうどわたしが彼の怠惰に腹を立てているのと同じように、わたしが活動的であることに腹を立てているらしかった。それを自分への非難と取ったのだ。最低限の努力すらだらだらと拒み続ける彼の態度が神経にさわりはじめてきてはいたけれども、わたしには（少なくとも意識的には）そんなつもりはなかった。彼がいつまでものらくらしていることに、午後も遅いというのにきちんと服も着ない、でれっと怠惰な姿に激怒したこともときどきあった。そして一度、たまりかねて、かみつくように言ったことがある。「踏んづけてころぶ前に、靴の紐ぐらい結んだらどうなの」

「もしおれがころんだら、おまえさんは、酔っ払ってころんだってがみがみ言うだろ」

彼の返事にわたしは驚いた。前はこのような言い方は決してしなかった。彼の声には敵意があった。まるでわたしがしょっちゅう、何かにつけて彼を非難し、小言を言っているかのようだった。決して、そんなことはないのに。そして、彼がわたしを見るその目も、やはりわたしがこれまで知らなかったものだった。わたしが犯した罪にはどんな罰がふさわしいか考えている裁判官のように、冷たくて、よそよそしい目だ。

突然、ここ何カ月もの間で初めて、わたしはまた罪悪感を抱いた。そして怖かった。わたしは彼が百パーセント支えてくれることに頼りきり、それに慣れてしまっていた。それが今いきなり、彼はその支えの手をはずしてしまった——それどころか、わたしに敵対すらしているのだ。どうしてこんなことになったのだろう？　わたしたちは本当にこんなに遠く離れてしまったのだろうか？　このときまで、わたしは自分自身を欺いて、彼の興味が薄れたのはすぐに治る一時的な異常状態なのだと思いこんでいたらしい。このとき初めて、二人の間は根本的に、そしておそらくは永久的に変わってしまったのだとわたしは完全に理解した。もはや触れ合いも、心の通じ合いもなかった。信じられないまでに彼は、欠点にもかかわらずわたしを愛してくれた恋人から、遠くから冷たくわたしを非難する裁判官に変わってしまった。

突然の恐慌状態の中で、わたしはたった今言ったことを謝り、思わず言ってしまったことなのだ、この言葉が本当に表現しているのは、わたし自身のさびしさ、罪悪感、理解できないということなのだと説明しようとした——そして、そのとき実際わたしが表わしていたのはこの複雑な感情だった。彼は何も言わなかった。聞いていないようだった。彼はわたしの感情に興味を持つことをやめてしまっていた。それはもう彼を心配させたりしないのだった。

とうとう、(もし彼がすでに失われていなければだが)わたしは彼を失いかけているということがすっかり明白になった。

わたしはびっくりすると同時に容易に信じなかった。二人の関係が、わたしが気づかぬうちにこんなにもひどくなるなどということはあり得ないことに思われた。しかし、明らかにそうだった。過去何週間も何カ月間も、わたしは目が見えなかったか、あるいは頭がおかしくなっていたのにちがいない。そして今は、心が乱れ、動揺して、きちんと考えることができず、どうしたら良いのかまったく分からなかった。

ちょうどこの頃、彼の父親が病気になり、彼に来てくれと言ってきた。わたしたちは行かないわけにいかなかった。別の国で今とは違う生活をすれば、オブローモフが消え去り、彼の真の姿である誠実な人間が戻ってくるかもしれないと、わたしは半ば無理矢理期待した。もちろん、そんなことは起こらなかった。

ここで暮らすようになってからというもの、彼は前にもまして無気力になっただけだ。遠回しに仕事の話をしただけですぐにかっとなり、黙れ、放っといてくれとわたしをどなりつけるのだ。確かに彼はたいてい、父親の看病をしに車で出かける。しかし、本当にそれだけなのだ。それ以外にはまったく何もせず、夜飲みに行く時間になるまでのらくらし、立て続けに煙草をふかしてはそこいらじゅうに灰をまき散らすのだ。

彼が、無知な人間にうんざりしていた頃のことをわたしは覚えている。あの頃、世界中の誰よりも、わたしと話すのが一番良いと彼はよく言ったものだ。今では、二言以上言葉を交さずに一日が終ることもたびたびだ。なのに彼は毎晩パブに出かけては、何時間も話しこむのだ。今では、自分よりも下の人間と面白くもない話をするのが好きらしい。彼が好むのはくだらないパーティと噂話と猥談だ。まるで、頭の中に思考力というものがまったくないいなか者や鈍感な勤め人たちの程度にまでわざと程度を落としているようだ。この変容にわたしは打ちのめされてしまった。まったく途方にくれてしまう。

彼に庭の草を一本抜かせたり、あるいはすみにある郵便箱まで行かせたりすることはまったくできない相談だ。ところが、恐ろしく退屈に決まっているカクテル・パーティのために彼は三十マイルの道のりを、抗議するわたしを無理矢理連れて車を走らせるのだ。

こういうばかばかしいパーティをわたしがどれほど嫌っているか、接点というものがまるでない退屈な他人——彼らはわたしと同じ言葉を使うことすらしないのだ——の間でわたしがどんな気持ちでいるか、彼は知っているのだ。そして、彼の表情から見て、彼はこのことを喜んでいる。これはわたしが受けるべき罰だと彼は考えているらしい。(だが、どうして彼はわたしを罰するのだろう？　わたしが何をしたというのだろう？)最初の数刻が過ぎると、わたしはいつも死ぬほど帰りたくなる。彼はこのことも知っているし、わたしたちは一緒に帰らなければならないから、好きなだけわたしを待たせておけるということも承知している。そして、彼はしょっちゅう、一番最後に帰る連中のひとりなのだ。パーティの間じゅうこんなたわごとを話していて、どんな満足が得られるのかわたしには想像もつかない——わたしへのいやがらせのためであるとか、あるいは、ときおり、不愉快で辛辣な言葉をはさむという楽しみのためである、というのならば話は別だが。

昔はなかった意地の悪い面が彼に現われてきている。あの頃、彼はいつでも温厚で、他人に親切で、礼儀正しく、そして優しかった。故意に人を傷つけるなどということは絶対にしなかった。今では、本当に残酷なことをしょっちゅう口にする。下品で、人を冷笑するような、恐ろしいことをだ。しかし、いつでもその言い方はまるで冗談でも言っているような調子で、本気ではないように聞こえるのだ。この連中は愚かだから、彼がただふざけているだけだと信じているのだとしか思えない。そうでなかったら、彼を家に招いたりするわけがないはずだ。

今では、彼は好んで厄介な状況を作り出してはみんなを困らせる。どうしてこうもうまくできるのかわたしには謎だ。もしパーティがきわめてフォーマルなもので、他の客がみんな型通りの装いをしていれば、彼は白いサテンの組み紐の縁どりがしてある青いコーデュロイのスモーキングジャケットとか、金の肩章とスパンコールの飾りがついた緋色のチュニックといったいでたちで現われるのだ。話をすれば、ただ話し相手にショックを与えるためにだけ、のべつまくなし四文字言葉を連発する。おまけに、ほとんどいつも飲み過ぎる。なのに、なぜだかは分からないが、誰も気にする様子がない。彼のふるまいは大目に見られるし、どうやら好かれてさえいるらしい。

わたし個人としては、彼が自分を見せびらかしたり、一杯、もう一杯ときりなく飲んだり、途方もなくへつらうかと思うとはなはだしく無礼だったり、自分がからかわれているのだということも分からないほど間抜けな、どこかの頭の鈍い女を、偽りの感動をこめた目で見つめたりするのを見るのは嫌でたまらないのだ。

他の人間は誰も気にしていないというのに、どうしてわたしひとりが彼の無作法に悩まされるのかわたしには分からない。無作法にもかかわらず彼はたいそう人気があり、ようやくわたしたちが帰ろうとすると、たいてい誰かが別の家に行かないかと誘うくらいだということを知っているだけになおさら分からない。そういったとき、わたしがもう遅いからと言って丁寧に断ろうとしているのに、彼はわたしを押しのけると、まったく白々しく響く大きな、愛想の良い声を上げてわたしの声をさえぎってしまうのだ。

「結構ですな！　もちろんご一緒しますよ。なあに遅すぎやしませんよ、遅いなんてことはぼくにはないんです――家に帰りたくないもんでね。家にいるのは、外にいるよりもひどいんだ！」そして、まず第一にわたしを侮辱するために彼がこう言ったのが明らかなので、ばかな間抜けどもは、自分たちも侮辱されているのだということに気がつかないらしい。

今わたしは、彼の足がふらついていないかどうか、運転できる状態かどうか見極めるため、気づかれないようにそっと彼を観察するという嫌な仕事をしなくてはならない。どう見ても彼には運転が無理な場合以外は、わたしは自分で運転するとは言い出さない。そう言うといつでも彼がひどく怒り出すのが分かっているからだ。

四年前、彼はいつでも平静で、おとなしかった。今では、途方もなく気が短く、ささいなことで突然怒り狂い、他人がいる前でわたしを口汚くどなりつける。だが、それ以上にわたしを悩ませているのは、彼がわたしに対して何かはっきりしない恨みを抱いているらしいのに、それが何なのか言ってくれないということなのだ。

かつてわたしたちはそれは親密で、お互いの心が読めるのではないかと思われるほどだった。今では、二人とも相手の考えていることがさっぱり分からない。彼の献身と優しさと、そして彼と一緒にいてどんなに幸せだったかということを思い出すと、わたしは、誰か他の人のことを、もう死んでしまったか、あるいはどこか遠くの大陸に永久に去ってしまった、まったく別の人のことを考えているような感じがする。

美しい海の緑の色をした瞳の彼がどんなに魅力的だったか思い出すと、辛くて今の彼を見ていられない。その瞳には、かつての内に秘めた真剣さはもう少しも残っていないという、謎めいた秘密にも似たことにわたしはどうやら気づいてしまったらしい。あの頃、彼の顔は驚くほど表現豊かで、感受性、生命、暖かさ、知性、好奇心にあふれていた。今では、その顔は粗野なものになってしまい、活気もくっきりした輪郭もなくなってしまった。今では、不機嫌と怠惰と悪意の表情しか見せない。

筋肉質だった体は肥満体に退化してしまった。体重が増えたために不恰好になり、ときにはむくんでさえ見える。いや、ぶくぶくだと言っても良いくらいだ。

彼の高価で風変わりな服はいつでもしわになり、しみがついているので、自分をかまってもらえない人間に見せようと決心して、わざとしているのではないかとときどき思ってしまうくらいだ。とにかく、昔の凝り性のかけらも見られないのだ。今では、昔わたしが愛した男性と同一人物だと思える点などひとつも残っていない。彼が赤の他人に見えることはしょっちゅうだし、さらに、わたしの家に勝手に住みこみ、その存在が重くのしかかっている敵にすら見えることもある。

今では、その向こうで彼がソファーにぐったり寄りかかっているのが分かっているドアを開けるのが怖くなりはじめている。掃除婦がその中に入るのを彼が禁じているので、部屋はいつでもほこりだらけで散らかり、古い新聞やら煙草の空箱が床中に散らばっているし、酒びんや汚いグラスがそこいらじゅうにころがっている。むっとする煙が目に見えるほどはっきりと壁から立ちこめている。煙のおかげで、目もあやな輝くシャンデリアはどろっとした茶色になってしまった。窓は全部閉ざされており、どんよりとした煙で息がつまりそうだし、目がひりひりして涙が出てくる。

わたしが入って来ても彼は身動きひとつせず、宙を見つめながら、どっかりと、不恰好に、緩慢に、仰向けに横たわったままだ。このたるみきって怠惰でむっつりした人間が、かつては木に登り、わたしに熟した無花果を取ってきてくれたなどということがあり得るだろうか？　今では、これまでにただの一度も木に登ったことがないように見える。煙草の先から灰が落ちる。彼はあたりを見もしないし、わたしに目もくれないし、煙の輪を吹き出す。

ソファーから少し離れた所に立ちながら、わたしは努力しなければ彼に話しかけられない。昼食を食べるかどうかわたしは尋ねる。返事なし。コーヒーは？　返答なし。新聞は？　沈黙。それじゃ、窓を少し開けて、煙を出しましょうか？　この部屋はどんよりしていて息ができないわ。相変わらず彼はひと言もしゃべらず、こちらを見もしないで、まるでわたしがいないかのように無頓着にガウンのひだにまた灰を落とす。一瞬、わたしは本当に考えてしまう。これは同じ人間なのだろうか……。

それから突然腹が立つ。わたしに返事をしようとしない、このむっつりとした、息苦しい怠け者がわたしは大嫌いだ。自分の可能性を裏切って無気力と無関心に寝返ったこの責任のがれが。彼にはあんなに才能があった。有名になることもできた。自分の人生をどのようなものにすることも可能だった。そして彼が選んだのが、まったく何もしないことなのだ——怠惰な無関心で人生を浪費することなのだ。このことこそが本当に腹立たしい点だ。

このことにわたしは完全に怒っている。あまり腹が立って、彼を動かすためにソファーに火をつけてやりたいくらいだ。彼がそこにそうして、動かず、不精に横たわり、そのすばらしい能力をすべてなくしていくのを見ていることにわたしはもう耐えられない。何と恥ずかしいことだ、何と恐ろしい浪費だ。まったくの怠惰のためにこれほどの才能を投げ棄てるなんて不埒なことだ。とんでもなく恥ずかしいことだ、犯罪だ。わたしには耐えられない——しかし、耐える以外、いったいわたしに何ができる？

そう、少なくとも、この部屋にこれ以上いることはない。彼を見続けている必要はないのだ……。

わたしは部屋から走り出して台所に行くと、怒りと挫折感に駆られて、あらん限りの力でカップや皿をタイル張りの床にたたきつけ、粉みじんにする。それから破片を踏みつけると、粉々になるまでかかとで踏みつぶす。

それから、自分自身が恥ずかしくなり、床ブラシを取ってきて、ごみを掃きはじめるのだ。

山の上高く

彼の言うこと、これは反応を鈍らせる、というのは本当ではない。もちろん、そうなる薬もあるが、これに関しては正反対のことが正しい。これは人の動きをより速く、より的確にするのだ。最初にわたしにこれをくれたプロのテニス選手は、自分がしていることを承知していた。薬を使った後は、わたしのプレーはもっとうまく、もっと素早くなると彼は言ったが、本当にそうだった。それどころか、トーナメントで勝ちさえしたのだ。それなのに、たった今、オブローモフがわたしをどなりつけたのだ。「運転するんじゃない、ジェーン、そいつを使ってる間はな」

わたしは車をバックさせてガレージから出てきたところで、彼が玄関に来たときには家のほうに背中を向けていた。そこで、彼が見えなかったし、声も聞こえなかったふりをして、エンジンの音をとどろかせながら車寄せを走り抜けた。どうして彼はしょっちゅうわたしを見張り続け、あとをつけ回すのだろう？　わたしを監視するように言われたのだろうか？　誰の命令だろう？　医者？　警察？

　行く手の夕刻の空は、嵐も去って晴れわたっているが、その他はまだ黒い雷雲でおおわれている。目の前の広漠とした青緑色の大地は深い海のように冷たく、澄んで見え、地平線のすぐ上には黄褐色の光が扇形に広がっている。あそこに陽が沈んだのだ。いや、そんなはずはない。あっちは西ではない。おそらく火事だろう。どうせ、ずっと遠くのことだ。わたしは、地平線のその地点をめざして車を走らせ続けるが、ときおり、そこから一条の光が放たれる。背後に積み重なったあらゆる恐怖におびやかされることのない魔法の山へとわたしを導いてくれる灯台の灯だ。あたりを見まわすまでもなく、黒く、威嚇的で、端々がくすぶっている、地獄の壁のような巨大な嵐雲がそびえ立っているのが感じられる。

　わたしたちの家はあの不吉な雲の影の中のどこかにある。雲は今にも家に襲いかかろうと身構えている。そうなれば壁は崩れ落ち、わたしは押しつぶされてしまうだろう。だからこそこんなにスピードを出しているのだ。あの家から逃げるために。そして巣をはった蜘蛛のように家の中に座って、わたしに飛びかかろうと身構えている彼から逃げるために。あの山に着いたときだけが本当に安全なのだ。あそこに彼が煙草をふかしながら座り、わたしが帰るのを待っているのが見える。見張り、そして待つ以外には何もしない。他のことはいっさいしないのだ。だから、わたしは彼をオブローモフと呼ぶのだ。部屋の中のすべてのものが見張っている。時計が見張っている。壁の絵が見張っている。彼の煙草の先から灰が落ちるたびに——灰皿に落ちることもときにはあるが、たいていはカーペットの上か彼の服の上に落ちるのだが——絵の中のヌードモデルが目をきょろきょろさせる。

あの家に彼と二人で閉じこめられているなんて我慢できない。男は獣、猛獣だ。そしてわたしは、彼に捕まった餌食だ。彼はわたしを自分のものにしたと思って満足しているが、本当は、わたしの上に横たわり、息ができなくなるほどに押しつぶしている大きく、重たい動物に過ぎない。まったく彼はわたしには大きすぎる。わたしは彼の体重に、大きさに耐えられない。彼は食べすぎるし、飲みすぎるし、煙草を吸いすぎる。着ているところを得意になって見せびらかす高価な服のように、脂肪を体につけている。「古代中国ではな」彼は言う。「肥満は成功した人間のしるしと考えられていたんだ」古代中国などどうでもいい。わたしにとっては、肥満は醜悪であり、彼の獣性のしるしなのだ。

少なくとも、今夜は彼と食事をしないですむ。これはありがたいことだ。彼がくしゃくしゃ、くしゃくしゃかんでいるのを見ていると胸が悪くなりそうで、食欲がなくなってしまうのだ。彼はこのことを知らない。たまたまわたしの食が進まないのに気がつくと、ヘロインのために食欲がわかないのだと言う。彼はいつでもわたしに、ヘロインを使うことの害悪を説き、わたしが注射をするところを見つけ、やめさせようと見張っているのだ。彼のこういう態度にわたしはかっとなる。彼のほうがずっとひどいことをしているのだ。他人を動転させるほど不愉快なことをしているのだ。

喫煙と飲酒は悪徳であり、忌まわしい悪習だとわたしは思っている。誰にとっても不快な行為だ。我が家の中のむっとする煙草の匂いは胸が悪くなるほどだし、カーテンや寝具にしみついていて、何度洗っても落ちない。煙はランプのかさの内側に入りこむし、天井を黄色くしてしまう。それに、彼は飲みすぎると怒りっぽく、攻撃的になり、よろよろ歩き回ってばかなことを言っては、みんなを当惑させる。わたしがすることは誰にも迷惑をかけない。人を困らせるようなふるまいをするわけでもない。それに、この真っ白い粉には、人をはねつけるようなところがない。まったくまじりけのない様子をして、輝いている。雪のようにきらめく、汚れのない白い水晶だ。

大地をおおい、人間が作り出したあらゆる混乱も醜悪もその穏やかで、厳粛な純白の下に隠してしまったときの雪は何と美しいのだろう。一年中雪の溶けることがない北の国に住んでいたいと思うほどだ。高い山は大天使《アークエンジェル》にも似て、超然として美しく、荘厳で、きらめく頭を天高く上げて大地にそびえ立っている。わたしは高い山に敬慕の念を抱いている。崇拝しているといっても良いくらいだ。山とひとつになり、その雪におおわれた頂きのように冷たく、近づき難い存在になることを夢見ている。山の持つどこかよそよそしい完全さがわたしを死にたい気持ちにさせる。

自分が死の願望に取りつかれていることは承知している。わたしはこれまで人生を楽しんだこともなければ、他人を好きだったこともない。わたしが山を愛するのは、それが生を否定するものであり、不滅で、冷酷で、何ものにも触れられることがなく、何事にも無関心な存在、つまりわたしがそうなりたいと望んでいる存在だからだ。人間は憎むべきものだ。彼らの醜い顔や汚らしい感情がわたしは大嫌いだ。人間なんかみんな滅ぼしてしまいたい。人は、いつでもわたしには恐ろしい存在だった。いつでもわたしを拒絶し、裏切ってきた。ひとりとして優しい人間などいなかった。ただのひとりも、わたしを理解しようとし、わたしの立場に立って物事を考えてみようとはしなかった。物心ついてからずっと、わたしがまだ六歳の頃から、彼らは皆わたしに敵対してきた。六歳の子供に対して冷酷な態度が取れるとは、これはいったいどういう人間なのだろう？ わたしが彼らを憎まずにいられないのも仕方ないではないか。ときおり、あまりに彼らにうんざりして、もう彼らの間で生きていくことはできないという気持ちに――あらゆる所に蛆虫のように群をなしている忌まわしい生き物から逃げ出さねばという気持ちに――なることがある。捨てばちな気分の時に一度、オブローモフにこのことを話したことがある。彼はぎょっとし、たまげ、同情してくれるどころではなかった。今にも身震いしかねない様子で、彼はわたしを犯罪者を見るような目つきで見つめた。「そんなことを言うもんじゃない！ 誰かに聞かれたら、気が変だと思われるぞ。そんな考えはまともじゃないってことは分かってるんだろうな……」このようにわたしを息苦しくさせることはまともなのだろうか？ おかげでわたしは、壁がせまってきて押しつぶされる前に家を飛び出さなければならないというのに。今こうして車を走らせているように、窒息から、そして本当に我慢できない人間たちから逃げるためにわたしに車を走らせ続けさせているのは彼なのだ。

ヘッドライトのスイッチを入れる。暗くなってきた。前方に標識――「X型道路交差点あり。徐行」生垣の向こうに見える家並。このどんよりとして単調な国がわたしは大嫌いだ。生垣も壁も柵もみんな嫌いだ。まるで超満員の監獄のようだ。あるいは、考えることができずにただ従うだけの、そして新しいもの、変わったものが恐ろしいのでバリケードのうしろで生きなければならない何百万という奴隷でいっぱいの巨大な蟻塚だ。家の壁に囲まれて座っている限り、オブローモフはすべてのことを支配していられるが、彼は外をひどく怖がっている。もし今わたしと一緒だったならば、冷や汗を流しながら叫んでいるだろう。「八十マイルを越えてるぞ――おまえは頭がおかしくなってるんだ!」わたしは、口では言い表わせないほど彼の慎重な運転手心得を軽蔑しているので、彼の運転する車に乗ることには耐えられないのだ。だが、一緒にいれば、彼は絶対にわたしに運転させてくれない。

暗がりの中をたったひとりで走っていくのは、何か夢でも見ているようだ。恐ろしい人間世界をあとにして、人間のいない世界へ、高い山の雪と氷へ向かっている夢を見ているのだ。あそこに行けさえしたら……十分遠くまで、十分速く車を走らせることさえできたら……。急がなくてはならない、急がなくては。山まではかなりの距離だ。まだ姿も見えない。わたしはまだ建物に囲まれた地域の中だ。多すぎる車、多すぎる人間。みんなわたしを遅らせ、邪魔をする——撃ち殺してやりたいほどだ。

ありがたいことに、この古い車はまだスピードが出る。これは大きくて高性能の車で、道路上のあらゆるものを追い抜いて行く。このことは夢見る必要はない。夜、たったひとりでドライブするのは素晴しい。スピードを上げると、暗闇の中、ヘッドライトがわたしのために道を切り裂き、あらゆるものがこちらに向かって飛んできては、消え去り、跡形もなくなる。わたしのうしろには何も存在していない。

あそこの、あの木々の向こうの、空にかかったあの光は何だろう？　もう灯台の光ではない……扇形をしていない……。髪の毛のように薄い鎌。新月だ。極細の糸のように細い。わたしはあの月をフロントガラス越しに見ている。ガラス越しに月を見るのは縁起が悪いのだ。いったいどうして、こんな古い迷信を思いついたのだろう？　かわいそうな月。おまえは過去の魔力を失い、誰かに害を与えようとしてもできはしない。おまえはもう神秘的な存在でもない。誰にも触れられたことのないおまえの地表に降り立ったロケットがおまえの格を下げ、おまえを人間の捕われものにしてしまった。人間は常に行く先々で魔力や美を破壊し、あらゆるものを汚してしまうのだ。最も高い山の頂きだけが、凍りついた輝きを放ちながら、犯されないままでいる。

さあ走っておくれ、我が車よ。もうすぐ山が見えてくるだろう。あたりがだんだん広々としてきた。おまえとわたしは親友だ。わたしはおまえのことを理解している。そうでしょ？　二人ともスピードが好きだ。どんどん家が少なくなっていく。すぐにわたしたち二人だけになれる。ちょうどあのときのように。暑く、混みあった海岸から、焼けた砂の中のオレンジの皮から逃げ出して、北に向かう人里離れた道を走り、二人であの長い旅に出たときのようにだ。ひとりぼっちの月の下、わたしたち二人きりで一晩中走り続け、一度もとまらなかった。やがて月が沈み、陽が昇り、アルプスの雪に火がついた。

もう壁も生垣もない。とうとう山が見えてきた。とうとう、街と車と道路標識と犬と人間から逃げられたのだ。わたしたちはあらゆる車と大きなトラックを追い越した。早く！……もっと早く！　行く手の道には車は一台もいない。これでわたしたちは本当に走りはじめることができる——素晴しい。おまえの走りっぷりは見事だ！

もう人間はいない、障害はない。前方にあるのは山だけ。登り道だけ。風が襲いかかり、木々が亡霊のようにひゅっひゅっと音をたてて通りすぎていく。木々と丸石の絶え間のない流れが暗闇に飛び去っていく。掲示板が闇の中で光る――「注意！　危険！　落石のおそれあり」どこからか水の音が聞こえてくる。暗黒の深淵にとどろき落ちていく急流がその水の冷たさをわたしの肌に残していく。幻のように、突然、大きな崖がそびえ立つ。頭上でゆるやかに広がる亡霊のような白い翼。戦慄にも似たものがわたしの体を走る。山頂の雪を初めて目にした瞬間は、いつでもこの電気に打たれたような身震いが起きる。あそこには、人間には決して堕落させることのできない何かがある。

雪の頂きが空を囲むように立ち並び、夜の闇の中に亡霊のような青白い姿を見せている。堂々とした、巨大な、肉体から分離した幽霊たちが輝く蒼白の光の中に漂い、空気のように軽い三日月が音もなくその間をすべる。わたしは車を走らせているのだろうか、それとも夢を見ているのだろうか？　この巨大な、この世のものとも思われぬほどすばらしい山々はまるで夢のようだし、神のように超然としている。空から降りてくる月も夢のようだ。夢の道は終ることがなく、どこまで行ってもらせん状の登り道だ。悪夢の道。目がくらむような深い淵の端ぎりぎりのところを走っている。曲がるごとに険しく、急になっていく、果てしのないやせ尾根。つぎのカーブを曲がりきれるだろうか？　とても狭く、激しくカーブしている。道幅はぎりぎりだ。わたしはハンドルをくるくる回す。曲がれた。どきどきしっぱなしだ。だが、曲線を描く道は相変わらず目の前に広がり、ひとつカーブを曲がれば、つぎにはさらに通り抜けにくいカーブが待っている。

突然、はっとする動き。つぎのカーブを曲がり、何か大きくて黒い物がこちらに向かってくる。人をいっぱいのせた車だ。彼らの顔はヘッドライトに照らされて白く染まり、ハンドルを切るとあっという間に飛びすさる。人間！　だが、どうしてこんなことがあり得るのだろう？　彼らはここにいる権利がないのだ……彼らの存在は災いだ、忌まわしいことだ。結局は山もやはり不可侵な存在ではないということだ。世界中どこへ行っても、人間からは逃れられないということだ。こんなことを認めるのか？　彼らを通させるのか？　いいや、そんなことはさせない——彼らを滅ぼすのだ！　何かがわたしの中で爆発する。激しい興奮。奴らを滅ぼせ——雪の白い純潔を汚させるな！

ヘッドライトがまた襲いかかってくる。ゆらめく白い光がぐいと前に突き出し、突き刺すための、内臓を抜き出すための鋭利な道具になる。四つの人影が突き刺される。ぎょっとするほど近くにある四つの白い顔。よろめく山の黒い背景の前の、口を開けたまま見つめている四つの魚の顔。あたりはどんどん冷たく、暗くなっていく。氷の中、雷がとどろく。山頂から命令のように降りてくる冷たい微風。高山の至上性を主張せよ。新たな、押え難い興奮のうねり。高みの神聖を汚そうとする侵入者どもを排除せよ！ 立ち去れ、この世から消えてなくなれ！

飛び散り、散らばる小石の乾いた音。金切り声を上げるタイヤ。衝突の際の衝撃と震動で消えてしまった、か細く、無気味な、叫び声。わたしの大きな車はよろめき、暗黒の無の縁で躊躇する。道の向こうでは、もう一台の車が動いている。ゆっくりと、すべるように、必然的に、絶壁のへりを越えていく。まず後輪が。それから前輪。気味の悪い、かん高い叫び声（これもすぐに途絶えてしまうが）とともに、車は中に人間を乗せたまま、ゆっくりと、スローモーションで消えていく。底なしの暗黒が車をのみこむまで、ずいぶん長い時間がかかるようだ。

さあ、車はなくなった。崖っぷちのタイヤの跡だけが、何が起きたか物語っている。じっと見つめている頂きは、途方もなく大きな輪を描いて立ち並び、堅固で堂々としている。わたしがやったのだ。わたしは勝ち誇り、しっかりアクセルを踏みつけ、先に進む。

ついにわたしは、汚れなく、冷たく、固く、超然とした山とひとつになったような気がする。人類とは永遠に別れたのだ。人間の生の醜く無意味なごたごたや混乱はもうわたしとは関係ないことだ。わたしは、自分は生と人間に背き、それとは異なるものと無関心、孤独、人間のいない世界の無機的な美の側に立っていると、きっぱり言明したのだ。

うまく説明はできないが、道がまっすぐになったようだ。もうヘアピンカーブはない。わたしは山を見上げる。だが、山は見えない。亡霊のように、漆黒の闇の中に姿を消してしまったのだ。車を走らせながら、山をさがして見上げ続けていても、雪の輝きすらも見えない。だが、それと同時に、わたしはどこかずっと遠く離れたところに立っていて、最も高い頂きの万年雪の中にいるのだ。そしてわたしは、その雪のように無関心で、超然としていて、冷たく、決して傷つけられることがない。ただ、これから先続いて起きるであろうある種の出来事についてのぼんやりした意識——これは知覚の片隅にひっかかっており、まだかすかすぎてわたしを不安にさせるほどではないのだが——だけは別だ。この出来事を避けることは不可能なのだ……。

失われたものの間で

この新しく、大きく、神々しい星に及ぶものは何ひとつない。この星だけが、栄光を、新しい形の命と独自の世界とを創り出す神のような力を備えている。この星が誕生したのは冬至の日、人間が神の誕生を祝っている最中だった。

今や、この星が人類の新しい神であり、その周囲に前例のない変化を生み出し、一連の意外な出来事を引き起こし、できあがるまでに何千年もかかった微妙なバランスを破壊している。

流星となって、天のおのれの場所まで巨大なミサイルのように飛んでいったとき、この星は何と明るくきらめいたことだろう。その輝きは暗闇に火をつけ、その光は魔力を持った手で地球に触れて、地球の住民たちに魔法をかけた。上昇していく際の鼓膜を破らんばかりのとどろきは、人間には想像もつかない新しい時代の先ぶれだった。

すでにその放射線は生物学上のパターンを変え、不変であるはずのものを変化させ、奇妙な変異をいくつも作り出している。これらの変種のうちのどれが——仮に可能だとして——最終的に安定するのかはまだ定かではない。そして、人類がそれと見分けがつく形で生き残ることができるかどうかは、人間とその世界とを作り変えているこの新しい神の星しだいなのだ。

天上においても、地上同様に、力はすべて、輝く栄光はすべてこの星のものだ。その荘厳さは太陽をもかすませ、その目をくらませた。これは、何も存在しないところで燃えさかる輝きだ。

わたしはどこにいるのだろう？　誰なのだろう？……。あの星以来、はっきり分かることとは何もない……。ここは暗く、すべてのことが変化し続けている。永遠に変わらないものなどひとつもない。

わたしはしょっちゅう何かをなくす。暗闇の中で。落としたり、置き場所が分からなくなったりするのではない。置き忘れるわけでもない。気がつくともうそこにないのだ。突然なくなってしまうのだ。

こういう変化がわたしには理解できない。これは、あの星と一緒に始まった。わたし自身も変わってきている。そのことが感じられる。昔のわたしに変わっていくのではない、それは分かっている。なくなったものと同じなのだ。あれは永久になくなってしまった。二度見つかることはないだろう。常に当り前のことと考えられていた基本的な、本質的なものが押し流され、ばらばらになり、見失われ、まったく違うものに変わってしまう。これは心穏やかならぬことだ。

闇が濃くなり、ふくれ上がり、わたしの膝まではい上がってくる。腰まできた。背骨がつぶれ、脊椎が闇の中に沈む。つぎは髪。今度は顔。眼窩から吸い出された眼。牡蠣のようにつるりと黒い溝をすべり落ちていく。突然、すべては失われたものの中にある。闇が何もかもむさぼり食ってしまう。わたしもその中にいる。まったく、心穏やかならぬことだ。

時計の針はいつでも五時十五分をさしている。午前の？　午後の？　闇の中では見当もつかない。いつも同じ部屋なのだろうか？　これも分かりっこない。時と場所も、失われたもののひとつだ。性別もそうだ。今では、男性と女性、どちらにでもなれる。性転換、と言うそうだ。これは星のせいだ。

壁の影が濃くなり、すみは黒くなる。外の空は暗いにちがいない。空は見えない。木がある。枝が窓にふれるほど近くに生えている。葉が、かすかに、絶え間なく、音もなく動き続けている。ときおり、伝言を伝えてくれるのだ。葉はいつでも……。今は、ガラスの向こうに群がった黒い蛾だ。

突然、葉の動きが変わりはじめる。光り輝く銀色の、目もあやな白い光の閃光が枝の間を走る。星の光だ。見たくない。あの光はわたしに触れてはならないのだ。わたしは窓から後ずさりして、光の届かぬところまで離れる。

ぼんやりした疑いが心の奥からすべってきたので、わたしは自分の体を見おろす。見たところ、性別はまだ女性のようだ。とにかく、スカートをはいている。

もうひとつの性が元気良く入ってくる。「やあ！　暗いんだね？」

「暗いのが好きなのは知ってるでしょ」

「分かった。明かりはつけないよ」

彼がスイッチにかけた手をおろす気配が感じられたので、わたしはほっとする。どうして彼は行ってしまわないのだろう？　ここに入って来るべきでないことは彼も承知している。わたしを不安がらせるためにわざわざ入って来るのだ。彼が部屋にいる間、わたしはいつも緊張し、落ち着かない。特に今は、彼の姿が見えない今はそうだ。彼は正確にはどこにいるのだろう？ 何を望んでいるのだろう？ わたしが不安に感じることを彼が楽しんでおり、わざと長引かせているのは分かっている。本当に彼らしい。彼は意地が悪いのだ。目下のところ、彼が望んでいるのは会話らしい。「あそこで、みんながぼくらの話を——君の話を——していたよ。ぼくが来たのに気がつかなかったんだ。廊下に立って、連中の話を聞いてやったよ」

「何て言ってたの？」わたしにはどうでも良いことだ。知りたくもない。だが、こう尋ねなくてはいけないということも分かっている。

「このさびしい家でぼくと二人きりで暮して怖くないのか、ってさ」彼の声が変わる。まったく違う声になっている。からかうような調子だが、悪意がある言い方だ。

「どうして？」

「ぼくが君に何かするといけないから」

「何をされるの？」

「殺されるのさ」

かすかに歯が光る。にやりとした笑い。それから彼は、わたしには見えない、だらしのない、いばりくさった歩き方で動く。低くしめたベルトに親指をひっかけ、腰をゆすって歩くカウボーイといったところだ。明かりはほとんどない。窓を背にしても、彼の姿はぼんやりとした暗い影にしか見えない。わずかに体を前に倒し、暗い夜を、無を見つめている。額を窓ガラスに押しあてているのにちがいない。葉にそっくりな蛾のささやきに耳を傾けているのだろうか？　彼らは、どんな神秘的なしらせを、秘密の命令を、伝えてくれるのだろう？　一瞬、銀色の光が彼の髪を照らし、またあっという間に消え去る。なぜ彼は星が怖くないのだろう？

「怖いかい？」打ち解けた様子で彼が尋ねる。「殺されるのが」

「そんなこと、一度も考えたことないわ」

「一度も？」影の顔がこちらを向く。またかすかに光る歯。声が話し終えた後も、かすかな白い歯がのぞき続けている。「考えてみるべきなんじゃないかな。覚悟しておくためにね。万が一のためにさ。そのうちに、君を殺さなきゃならなくなるかもしれないからね」

「なぜ?」

肉体から脱け出た笑いがまだ宙に浮いている。殺人者の笑い? チェシャー猫の笑い?

「そうせざるをえなくなるかもしれないのさ。分からないかな? それがぼくにできるたったひとつのことかもしれない。ここが肝心なんだ」

「分からないわ」

「そうかね?」沈黙。完全な闇のために部屋は真っ黒な立方体だ。もう彼のことはまったく見えない。窓を背にしていてもだ。彼は移動したのだ。思いがけず左手のほうから声が聞こえてきて、びっくりさせられる。「自分に起こっていることを考えてみるんだな」

「いったい、何を言ってるの?」恐怖が混ざった声——彼に悟られただろうか?もの憂げで、意地悪く、からかうような彼の声には何の変化もない。

「おい、よせよ……。」ぼくと同じくらいちゃんと分かってるくせに分からないふりなんかしないでくれ……」

「分からないんだって言ったでしょ! あなたの言ってることはこれっぽちも分からないわ」あまりうまくいかないが、自分を押えようとわたしは躍起になる。

また沈黙が続く。まったく上の空の頭が、ずっと奥のほうで機能して、彼がまた動いたことに気がつく。闇の中を音もなく歩き、彼はわたしのすぐうしろにやって来た。片手を（それとも両方の手だろうか?）上げて、今にも迫ってきそうに立っているのが感じられる。何をしようとしているのだろう?　恐怖の一瞬。

彼はマッチをすり、自分の位置を示す。うしろではなかった。もう少し横だ。小さな炎はつかの間のゆらめきとも、また長く続くものとも思われ、それが消えた後の闇は一段と威嚇的で深い。煙草を口元に持っていくたびに、彼の顔は断続的に、ぼんやりとかすんで現われるが、そうでないときは見えないままだ。また顔が現われるのを不安な気持ちで待ちうけながら、わたしはじっと目をこらす。つぎにちらりと見えるまでの間、わたしは、その顔がどんなだったかまったく考えられない。全然思い出せない。おかしな話だ。動きのほうはとても良く覚えているのに。顔は、二回同じものであることがないように見える。

ようやく、声がまた聞こえる。「自分がどんなに変わっているか、良く知ってるだろ。だからここに閉じこもっているんだ」この激しく心を乱す言葉のあとに間が続き、恐怖が内なる邪悪な頭をゆっくりともたげる。さらに言葉が続く。「鏡で見てみるといいんだ」

ふたたび間。そして恐怖の黒いつぼみはゆっくりと開き、花を咲かせる。「何のこと？……」口がからからで、ささやくのがやっとだ。

「何のことだか自分で考えろ」声は残酷なまでに無頓着で、自信に満ち、きっぱりしている。

突然、悪性の腫瘍のように想像が増殖する。悪夢の怪物が暗い部屋にひしめき合う。

「うそ、そんなことありっこないわ！　わたしに起こりっこない……」でたらめに言葉が飛び出す。意味などおかまいなしだ。「生物学的に安定している人間にはそんなこと……完全に成熟したおとなが……。ＤＮＡはどうなってるの……遺伝子や何かは！……」声には死物狂いの、絶望的な哀願の響きがある。まるで、いくら訴えかけてもその評決を左右することは期待できない裁判官に話しかけているような声だ。わたしには見えない男は裁判官なのだろう。わたしは彼について何も知らない。

「この現象はまったく前例のないことだし、状況も初めてのものなのだ」彼の声はまったく変わった。これまで聞こえていた意地の悪い調子ではなくなり、裁判官特有のよそよそしさ、慎重さを込めた話し方だ。「我々には何の関連資料もない。これと比較できるような現象についての知識もない。つまり、あらゆることが可能なのだ」間。そして、子供にさとすように。「ごく最近まで、性が変わったりするなんて不可能だと考えられただろうね」

「でも、このことは不可能だ……。信じられない……」これはわたしの声なのだろうか？こんなに乱暴で、子供っぽく、ほとんど涙声になっているこの声が？

煙草を吸い終り、先をつぶして火を消す。明かりのない部屋の中で、目に見えない動きが感じられる。今度はドアに向かっている。ようやく、彼は出て行くらしい。ドアのノブが音を立てて回り、それとともに顔が振り向く。また、白く歯が光る。そして見えなくなる。目ではまったく何も見えない。彼が体を傾けて、閉めかけたドアの隙間から話すのを、想像力が見ているのだ。そして、血が凍るようななれなれしい調子で、そっと、言葉がわたしの耳に届く。

「耳にさわってごらん」

男はもういない。もう問題ではない。今問題なのは星だ。それは窓の外、黒い空で、黒い葉、黒い枝を通して輝いている。あの星はどこにでも存在し、何でもできる。体の中で星の放射線が作用して、わたしの人間性を消耗し、崩壊させているのが感じられる。あの星は、何らかの方法で人間の元素を変化させることができるのだ。

かつてわたしは人間だった。今は違う。もう、自分が何になるのか分からない。ここでは何もかもが変わり続け、闇の中に失われていく。本当に心穏やかならぬことだ。

たとえ何であろうと、わたしは失われたもののひとつだ——これだけは分かっている。

縞馬

Mは、カルテになぐり書きされた名前を判読できなかったが、それがKで始まっていることは分かった。そこで〝K〟と、彼はいつでも、そして最後まで、彼女のことを呼んだ。白衣のボタンをかけずに裾を引きずり、カルテの上にかがみこんでいるぼんやりとした人影に、彼女はあるいはうっすらと気がついていたかもしれない。あるいは気がつかなかったかもしれない。意識は、特に時間とは関係なく、ゆるやかな流れとなって戻ったり遠のいたりしていた。彼は、その深く見通す目で彼女を見つめていたが、唇が動くのに気がついて体をかがめると、聞こえてきたのは、「……四回目……」

何の意味もなさない言葉だった。しかし、彼女の髪は、どんよりした病室の中の輝きだった。このことが彼を喜ばせ、そしてつかの間、彼は橋の上の金髪の少女を思い出した……どこかの橋……つばめがくるくる飛び回っていた……ずっと昔……。そこで彼は、後になれば少女のことは忘れてしまうのは分かっていたが、彼女にほほ笑みかけ、心得顔で親しみをこめたウインクをしてみせた。「休みなさい。話さないで」

しかし、なおも彼女はやめようとせず、とてつもなく骨を折って（それが彼には十分想像がついた）、長い間をあけながら、ふくれ上がる黒い流砂から言葉をひと言ひと言さらい上げた。「こんどで……四回目……わたしが死んだのは……」一日かかってひとつの文を言い終ると、疲労が彼女をおおい、唇は縫い合わされた。

彼女の言葉が彼の興味をかき立てた。これは思ってもみなかったことだった。早生の植物のように、何か新しいものが、退屈で、同じことの繰り返しで、単調な、病院の生活に芽生えたのだ。しかし、彼女はもう意識を失っているから、これ以上ここにいても仕方がない。彼は、周囲に目もくれずに細長い病室を歩いて行ったが、自分は明日また彼女のベッドを訪れるだろうということは分かっていた。

ほんのつかの間、彼女は失われた歳月を、失われた若さをよみがえらせてくれた。彼は、あたかも彼女が過去の人間であるかのように、その顔と輝く髪を過去に当てはめた——あたかも彼女が、彼の失われた姿を、忘れられた詩人という彼を知っているかのように。

彼にとっては、これが事の始まりだった。

　彼女が彼に話したことは真実以外の何物でもなかった。これまでの自殺の企てには、何の自己宣伝癖も芝居もなかった。毎回、彼女はこれで最後だと確信しており、恐ろしい状態になっている身体の細部――溶けていくカプセル、息苦しさ、吐き気、痛い注射――を無視して、消滅してしまうことへの恐怖や、創造的衝動の悲鳴を上げての抗議を、生きようとする決意にもかかわらず、残忍な暴力で暗殺しようとした。

　四回の失敗は、決して故意ではなかった。飲んだ量が多すぎたり、少なすぎたり、早くに発見されたり、といった偶然だった。

　毎回、意識が覚醒するときの恐怖のために、もう一度同じことを企てるのは不可能だと思われた。ただ、別の恐怖のほうがもっとずっと大きかったというわけだ。親切であったり、安楽であったりしたためしのない生は、彼女を、そのたびごとにどんどん小さくなっていく独房に引きとめ、監禁し、その中で彼女は笑いから、愛と冒険と、そして彼女にとって大切なものすべてから永遠に切り離されているのだった。

　今、彼女には何の未来もない。もう何も残っていない。あるのはただ五回目の、そして最後の死……これは決定的なものでなければならない……この死は、捨てばちの決意を固めて成し遂げなければならない……。五回目は、迫って来る壁が人間としての姿を押しつぶし、彼女から彼女自身を奪い去る前に逃げなければならない……。

そのとき、薄暗い病室でMが彼女に優しく話しかけてくれて、すべてが変わった。ベッドに横たわって彼を待ちながら、彼は来るだろうか、彼は実在しているのだろうか、それとも頭の中で作り上げた幻なのだろうかとあれこれ考えていると、未来が自分のために集まってくれるような、準備をしてくれているような気持ちになるのだった……。

これは、遠い宇宙から飛んでくる宇宙線と関係がある。この宇宙線が人や物に当たると、突然変異が起きる——ちょうど、縞馬の縞のようにだ。

このようなミュータントが二人、お互いに引き合う力は、近親相姦の持つ魔力に極めてよく似たものを持ち、普通の人間同士の愛の絆に比べてはるかに強いことだろう。

彼らの関係がどんなものなのか、はっきりとは定められなかった。それは二人のうちのどちらの努力もなしに、そしてまず初めに疑いを抱いたり、誤解したりすることもなく、自然に成立したようだった。彼女にとって二人の関係は必然的なものであると同時に、地球上に満ちあふれた何百万という人間の中で、自分と補足し合うひとりの人間と出会えたのだという夢のような驚きを伴うものだった。この男性が魔法使いのように現われて、すべてを正常な状態に治してくれるまで、彼女はあたかも常に迷いながら、カオスの中で生きているかのようだった。かつて味わったことがある、ほんのつかの間の幸福のうしろにはいつでも、未来永劫変わることなく、暗黒の孤独、ぞっとするほどのさびしさ、どの恋人にも、また精神科医にも伝えることができなかった極めて抽象的な恐怖がそびえていた。それが今突然、奇跡のように、その恐怖が消えてしまったのだ。もうひとりぼっちではない。そしてこの奇跡を行なった人物に限りない献身をもって答えることができるのだ。

彼は十二歳年上だったが、それ以上に老けて見えたし、彼女は年よりも若く見えるので、二人はときどき父娘に間違われたが、これは彼をたいそう面白がらせた。彼女の本当の父親は、彼女が子供の頃に死んでしまい、彼女は父親を思い出すことができなかった。たぶん、彼女はずっと代わりの父親をさがし続けていたのだ。この男性は、その役割にうってつけで、過不足なく彼女よりもすぐれているように思われた——その情深さ、知識、学歴の点で。名声、詩作、世の中での経験で。幾多の成功、破局、冒険の点で。彼はしょっちゅう陽気で、しょっちゅう突拍子もない想像にふけっていた。しかしまた、その広い額の奥で、不思議な、そして意義深い思考を展開させているように見えることもしばしばだった。

彼が十二分に庇護し、是認してくれていると分かると、彼女はようやく、自分は安全で幸せなのだと感じた。生まれて初めて真価を認められ、彼女の劣等感や失敗を恐れる気持ちは消えはじめた。たびたび彼は彼女を賞賛し、彼女には時を超えた美しさという特質と、それに加えてすぐれた知性があり、彼の思考にいつもついてこられる——ときには飛び越えてしまうことさえある——思考力を備えた唯一の女性だと言った。彼女は、この秘密の類似性という考えに魅了されたが、しかし、それがどのように生じたことになっているのかということはまったく説明されなかった。彼女に理解できたのは、彼女の以前の恐ろしいまでのさびしさの説明がそれでついたように、やはり突然変異が、二人が即座に引きつけ合ったことの説明となるということ、そして、縞馬の縞と同様に、宇宙線が原因だということ、これだけだった。だが、この深遠な説を真面目に受け取るべきなのか、それともこれは彼が頭の中で行なういくつもの複雑なゲームのひとつなのか、彼は明らかにしなかったし、彼女には見当がつかなかった。

彼女はおおむね宇宙線の存在を信じる気持ちに傾いていた。というのも、それ以外には、二人の驚くべき理解を説明できる、二人に共通するものがほとんどないのだ——国籍も育ちも性格もみんな違う。さらに、男のほうはことのほか複雑で、頑固で、非妥協的な個人主義者であり、理解し難く、落ち着いて対処し難い、予測不可能な突然のむら気と衝動にしばしば駆られるのだった。だが、その彼はつぎのように始まる詩を書いたりもしたのだ。

我らの微笑が深き淵に橋を築き
陽のささぬ日だというのに、その橋の影が伸びる……

そして、二人がほほ笑みながら交した視線が、とうてい渡ることは不可能だとどちらもが信じていた深い淵を越えたということは、紛れもない真実だった。

彼女は、彼の神秘的なゲームに入れてもらえ、他の誰もが立入り禁止の彼の想像の世界に入ることを許されて嬉しかった。彼の影響を受けて彼女が自信をつけたので、彼は自分が創り出した空想に積極的に加わるようにすすめてみた。すると彼女が入念に作り上げたものは、見分けがつかないほど彼のものと溶け合い、もとの考えの一部のように見えるほどだった。彼女自身、あたかも彼女の頭脳が彼の頭脳に立ち入ることができるかのような、二人の協力の精密さと、二人の独創性の親密な相互作用に驚いた。

彼に言わせると、宇宙線のおかげでこれほどまでの共感が可能となり、二人は普通の恋人同士以上に強く結びつき、したがって二人の間の意志の伝達は、未来の人間たちがその大いに高められた感受性によって獲得するレベルのものなのだ。

彼は、未来世界の幸福な住人たちの経験をこのように試してみることができる二人の特権について、極めて真面目に、そして平易に話しているように見えた。だが、こういう問題について話していると、彼の話はしばしば形而上的で曖昧となり、耳慣れぬ用語やら象徴を持ち出すので、彼女は混乱し、煙に巻かれてしまうのだった。彼はわざとごまかしているのではないだろうかという疑いを完全には押えることができず、もしそうならば、彼は基本的に捕えどころがないということになるので、彼女の心はかき乱された。

しょっちゅう彼は新しい考えを披露し、それを真実の代わりの形式として示した。まるで、彼女に対してさえも、自分を完全には見せまいと決めているようだった。だが、彼女はこれ以外のことではこういう印象は抱かなかったので、このことを忘れてしまうのはたやすかったし、たいてい忘れてしまった。彼は彼女に、子供の頃から焦がれていた愛情と保護を与えたいと言ってくれたのだが、子供のように信頼しきって、一途に彼に身をまかせることは、まさに彼女の思い描いていた天国だった。彼に頼りきっていると、ようやく、この上なく幸せで満足しきってのびのびできるのだった。すべてが簡単で単純で安全だと思えるためには、彼と一緒にいるだけで良かった。過去に経験した、激動や緊張、絶え間ない不安やぞっとするような孤独をすべて忘れ、今の幸せの唯一のひびである疑惑についてさえしばしば考えるのをやめ、彼女は完全な静穏の中に漂った。

疑惑が頭に浮かんでも、彼女はすぐに払いのけてしまった。彼は最も優しく、最も頼りになり、最も良心的な人間だ。どんな形にせよ彼が当てにならないことがあるかもしれないなどと考えるのはけしからぬ行為だ。だが、いつでも、長い間があいた後で、彼女はまた、彼に何かしら漠然としたごまかしをちらりと感じるのだった。それは、彼のその他の性格とあまりに相容れないものなので、彼女の穏やかな、頼りきった状態をおびやかすだけでなく、この矛盾自体、不安の種だった。しかし、このように感じることはごくまれだったので、彼女はさほど深く悩まなかった。独断的になりすぎて彼と衝突してはならないことが彼女には分かっていたので、ある程度控えめにしていた。そんなわけで、二人は自分たちの考えについて飽くことなく熱心に語り合うのだが、いつも二人の議論は激することなく、友好的なものだった。二人とも金銭的に豊かではなかったので、他にできることもなかった。しかし、街や公園を何時間も歩きながら、何でも頭に浮かんだことを果てしなく話すことにどちらも満足していた。

退院して初めて彼の家を訪問したとき、彼女はおびえていた。彼女の情緒はまだ完全には安定しておらず、現実の境がまだはっきりと分からないので、彼の同情的な態度は想像にすぎず、まったく違う人物が——コミュニケーションはまったく不可能なことを示す、興味のなさと、他を理解しない無関心とが表われた例の仮面の顔をした誰かが——目の前に現われるのではないかと、彼女は恐れていたのだ。家に入ると、彼女はすぐに、まっすぐに二階の一室に案内され、そこで彼が、ほほ笑み、両手を差し伸べながらすぐさま歩み寄ってきた。一瞬のうちに彼女の懸念はすべて消え去り、何もかも大丈夫、彼は本物だ、要求に合わせて創り上げた幻ではないのだ、と彼女はただちに了承した。安心したあまり、彼女は一瞬我を忘れ、完全な幸福の中に漂っていたので、つぎの瞬間、椅子に座っているのに気がついてびっくりした。

「気を楽にして！」彼が話していた。「どうして、そんなに心配しているんだい？　ぼくが信じられないのか？　真綿でくるむように大切にしてあげるから」

そのとき、彼が包みこんでくれた柔らかくて暖かい、至福の安心感の中に身を沈めながら覚えた、昔の孤独の恐怖が溶けて消えていく感じは何とすばらしかったことだろう——これは、彼女が永遠に感謝を捧げ続ける奇跡だ。

穏やかで、親しみがこもった、おどけた声で、彼はこう言ったのだ。「そんなに生を恐れてはいけない——それだけが、ぼくらが授かったすべてなんだよ。生に、そんなに君を傷つけさせちゃいけない」

一瞬、二人の目が合った。そして、二人の間で揺れるまなざしは、他の誰もが自然の法則によって排除されている、理解と、共鳴し合う秘密との無言のメッセージだった——二人のミュータントの間の、不思議な強い血の絆。彼女はこのことをまだ聞いたことがなかった。しかし、言葉では言い表わせないが、そのときでさえ、無意識の自己の奥底では何もかもすでに分かっており、受け入れられている、はっきりと、無条件に受け入れられていると、ぼんやりとだが思われた。

「スカーフを取りなさい」ほどなくして彼が言った。

びっくりしながら、彼女は言われたとおりにした。分かったのはただ、スカーフを手にしたとき、不安定な結婚が薄汚れた残骸に崩壊していく最中にもらった、この黒と深紅色を散らした辛子色の絹のスカーフと結びついた状況を苦い気持ちで思い出すことが初めてなかった、ということだけだった。

男はデスクから立ち上がると、近寄って来て、彼女の正面に立ち、黙ったままじっと彼女を見下ろしていたので、彼女はその熱い注目にいささか当惑を感じはじめた。彼は、奇妙な、不揃いの、彫りの深い、そして非常にしなやかで表情に富んだ顔だちをしていたが、そのとき、その顔は、内側から思いやりと知性で照らされているように見えた。突然彼が彼女の上にかがみこんだかと思うと、つぎの瞬間、彼の手が額におかれるのが感じられた。彼女の額は広く、いくぶん子供っぽく突き出ていたので、それが彼女は嫌で、髪をおろして隠そうとしていた。信じられないほど優しい動きで、彼の強く、しっかりとした手が前髪をかき分け、ゆっくりとした、なだめるような、催眠術をかけるような手つきで彼女の額を撫で、最後には、まるでこわれやすいカップをささげ持っているように、彼女の頭をおおった。彼女の自意識はすべて取り除かれ、彼女は幸せで、穏やかな気分だった。ただこのままでいたい、完全な静穏の中に浸っていたいと、それしか望むことはなかった。

「どうして、額を隠してるの?」自分の手が引き起こした恍惚状態を妨げまいと、彼が静かな声で聞いた。「君の額はきれいだし、ぼくは好きだよ。いつか、君の額の詩を書くつもりだ。この額は、君のことをそれはたくさん教えてくれる——子供の頃のこと、旅のこと、恋愛のこと。君の本質を形作っているものすべてをだ」

返事をしたり、動いたりする必要はまったくなかった。ゆったりとして幸せな気分で、彼女は、まったく穏やかで、何が起きようともそれは結局は最善のことなのだと確信して話している、夢の声にでも聴き入るかのように耳を傾けていた。彼女を悩ませ苦しめてきたあらゆるものが、はるか彼方に遠ざかって行った。とうとう居場所が見つかった。最も望んでいた場所に、この奇跡を起すことができる男性と二人きりでいるのだ。彼はまだ彼女の上にかがみこんで、両手を頭に置いていた。それはまったく正しく、適切なことのように思われた。

ようやく、かすかな手の重みが感じられなくなり、彼はうしろにさがった。彼女は一瞬失望感を味わったが、その気持ちを心に記しておく時間はなかった。がらりと気分を変えて、彼がこう言ったのだ。「向こうの部屋に行こう。絵を見てもらわなくちゃ」

その声は快活だったし、それどころか、顔には、茶目っ気たっぷりとも言えるような、思いもかけぬ、若々しい、ほほ笑んだ表情を浮かべながら、彼は彼女の手を取って、踊り場を横切った。彼女にはそのとき、これから一種のテストを受けるところなのだということ、その絵に対する反応で彼は人間を判断するのだということが分からなかった。後になって、彼女が口ごもりながら言った感想が彼を満足させたらしいことに彼女は感謝した。三枚の風変わりな絵が占拠している向かいの部屋に入った瞬間、彼女が気がついたのはただ、その絵自体の持つ衝撃だけだった。

彼女は、このように驚くほど鮮明な、あるいは、こういう形で使われている、あるいは、このように圧倒的なドラマ、いや悲劇の感じ（それは、使われている目のさめるような色が、普通は陽気さと結びつけられるものだけにいっそう印象的だった）を持った絵をこれまで見たことがなかった。さくらんぼ色とはっきりしたピンクと朱色が、びっくりするような黄色とオレンジ色と黒と空色と深青色《プルジヤンブルー》と強烈な緑と毒を含んだ力強い紫と、激しく衝突しながら対照をなして、このどんよりとした日に、強烈な熱帯の陽の光のように壁に飛び散っている。

色の猛攻撃から立ち直りはじめると、一枚の絵は半ば様式化されたヌードの群像で、その人物が、藍色の海に浮かぶ巨大な、青紫色の影でおおわれた火山岩の形と色を繰り返しているのだということが彼女には分かった。不吉な潜在的要素さえなければ、この絵の印象は鮮やかで刺激的なものだっただろう。それは他の二枚の絵にははるかにはっきりと現われていた。残りのうちの一枚は間違いなく彼の肖像画で、十年から十五年ほど前、彼が三十歳の頃の作品だった。男は、彼の分身らしい女性の横に座っているのだが、骨がむき出しになっている。緑色がかかって透き通り、狂った顔をしており、異常な目が泣きぬれて、眼窩で溶けている。彼女は、ナパーム爆弾の威力についての記述を思い出した――「目は溶けて、頬を伝って流れ落ちた」きらめく色彩のために、不吉で気味の悪い要素が恐怖にまで強められており、彼女は急いで三番目の絵に目を移した。それは、いくらか押えられた調子のものだった。やはり肖像画で、憂鬱そうで神経質そうな女性が、深刻に悩み、心をかき乱されている表情で肩越しにじっと見つめていた。

連れをちらりと見たとき、彼の表情がその絵の女性の表情とほとんど同一であることに気がつき、彼女はショックを受けた。不安のおののきが体を走った。すぐに、人を安心させる微笑が彼に戻ったが、彼女には、定義のしようがない、もうひとつの孤独で、つかまえどころのない、測り知れない表情が忘れられなかった。後になって、もっと良く分かってくると、その表情の、人を不安にさせる点は、その遠さなのだと彼女は思った。それはあたかも、彼の視線が、それが自分に向けられたものであって、他の国の、生活レベルが異なる彼の知人に向けられたのではないのだと確信し難いまでに果てしなく遠いところから届いているかのようだった。

その後の数週間、数カ月間、彼女はときたまこの妙な表情を目にし、そのたびごとに同じかすかなおののきを感じたが、その表情について詮索することを、そしてまた認めることすらをも拒否することで、ようやくそのおののきを押えることができた。このとき、彼女を本当に悩ませたり、繭のように彼女を包んでいる無上の喜びを貫くことができるものは何もなかった。彼の励ましと愛情という温和な環境の中で、彼女は、自分が日ごとに自信をつけ、聡明になっていくのを感じていたが、しまいには、自分は縞馬エリートの真の一員であり、二人一緒でいる限り、たとえどれほど難解であろうと理解できぬことはないように思われた。二人がお互いに話さねばならないことは尽きなかった。しかし、公園や横町を歩き回りながら、太陽の下でありとあらゆることを論じ合っても、話はしかつめらしくなるどころか、これまでひとりぼっちだった二つの心が、突然心の通い合いを発見したという嬉しい驚きにいつも満ちあふれていた。

彼の詩に、こう始まるものがある。

降りしきる雨と絶え間ない雪にうたれ
影の年にぼくらは二人で進む

この詩の後半にはつぎのような一節がある。

秘めやかに、そして迷うことなく、ぼくらは歩いた
光と影の街の通りという通りを
風のように気ままに……

何年もたってからも、この文句は、別の世界に彼と二人だけで閉じこもっていた幸せを思い出させてくれた。二人が名もない姿で、まるで他の人間の目には見えないかのように歩き、空も街も建物もすべて、二人のものである、二人だけのものである激しい、この世のものとも思われぬ一種の輝きを持っていた、あの頃の幸せをだ。彼と分け合うことで、彼女がかつて恐れていた孤独が、この恍惚感にも近い気持ちを産み出したのだ。彼女たちは通りすがりの人からは測り知れないほど隔たっており、彼らの無関心のために二人はいっそう強く結びつき、他の人間たちから離れて、二人だけの孤独の中に閉じこもったのだ。

二人は、他人が必要だとはまったく感じなかった。他人の前で目と目を見交わすと、秘密の理解が二人の間でひらめく。他の誰も入ることはできない、二人の親密さの印だ。彼らはただ二人だけでいたかった。よそ者の存在は侵入でしかなく、二人きりでいる時に彼らの間に存在する意志の疎通の自由を妨害するものでしかなかった。他人と話をして、二人の貴重な時間を無駄にしなければならないことを憤らずにいられるわけがないではないか。とりわけ彼女は、たとえ何年来の知人であっても、他の誰かが自分たちと一緒にいることに耐えられず、くだらない噂話や決まり文句で二人を退屈させる不必要な人間をうまく追い払えるまで、抑圧されたいらだたしさのあまり逆上してしまうのだった。そんなわけで、彼女はしだいに知人のほとんどとつき合わなくなっていった。彼らは当然のことながら、彼女のふるまいに侮辱されたと感じたのだ。

あるとき、二人でいると、彼女の家の電話が鳴った。彼女の性急でぞんざいで気乗りしない返事と、早く話を終らせたいという気持ちがあからさまなことに男は驚き、どうして昔の友人や、彼らと共に送ってきた人生を無視するのかと尋ねた。

「友だち？　人生？」彼女は心からびっくりして繰り返した。「あなたと一緒でなければ、わたしには人生なんてないのよ。それに友だちも。あの人たちは消えてしまったの」

「すぐにまた出てこさせることもできるじゃないか」

理解できないというふうに顔をしかめ、彼女は彼を見つめた。「あなた以外には誰も必要ないのに、どうしてわたしがそんなことをするの？」

「どうしてしちゃいけないんだい？　教えてもらえるかな？」彼の声は穏やかで、まったく落ち着いていた。しかし妙なことに、その顔には、強すぎて隠すことができないひそやかな勝利の喜びが輝きはじめていた――傲慢な勝利の歓喜だ。

突然、考えがはっきりしないような気持ちに襲われ、彼女は彼を見ずに、ようやくの思いでこう言った。「あなたと二人きりのときにだけ、本当に生きているって感じるから」

「すばらしい！」喜びを隠すかのように、彼は笑い出した。「それじゃ、本当に他の人間は要らないんだね？　昔の生活が恋しくはないんだね？」今や、彼の声には勝ち誇った調子が高々と響き、彼女の注意を引いた。

「何て質問なんでしょう！」ほほ笑みながら、彼女は叫んだ。「世界中で、わたしをくつろいだ気分にさせてくれるのはあなたひとりだけなのに。あなたと離れたら、わたしの存在は不可能なのよ」彼女は彼にほほ笑み続けたが、彼の言葉の激しさに不意をうたれた。

「君を見つけて、本当に嬉しいよ！　君はいつでもぼくと一緒にいなくちゃいけない――最後までね」

彼は、この上ない愛情をこめて彼女を見つめており、したがって、彼に聞かせるつもりはなかったはっきりしない声で、「それで、その後はどうなるのかしら?・」とそのとき彼女に言わせた、不意の冷たい恐怖はまったくいわれのないものに思われた。

しかし、彼にはちゃんと聞こえており、彼はきっぱりと答えた。「後のことを心配する必要はない」

後になって、こう言ったときの彼の表情を思い出そうとしても、できなかった。しかし、こう言われたとき、彼女はそれで満足したのだった。

二人は、特に約束して定期的に会うようなことはしなかった。特に忙しくて仕事に没頭していると、彼はときどき、何日も姿を現わさなかった。すると、彼なしでは耐えられないと彼女が思ったときに、二人が通りや、誰かの家で偶然に出会うということがたびたび起こり、中止していた関係はただちに、新たな熱情で再開されるのだった。

同時に、それは恐ろしいものだと思われる、彼の中に潜むあの曖昧さを、彼女はますます意識せざるを得なくなった。彼は、彼女がこうあって欲しいと願うすべてを備えている――情愛があり、誠実で、保護してくれる。しかし、ときたま、彼はいつの間にか消えてしまい、彼女ひとり、傷つきやすく、不安なまま取り残され、責めさいなむ疑いに心を貫かれるのだった。恐ろしすぎて言葉にもできないような形で、彼が最後には自分からたくみに逃げてしまうのではないかというのが、彼女のひそかな恐れだった。

眠れない夜など、彼女は、あの奇妙な三枚の絵を思い出して悩まされた。荒々しく、陽気な原色に埋めつくされたあの恐ろしい絵。とりわけ、ぞっとするほど彼に良く似た、あの神経質な女の顔。あれと同じ近づきにくい孤独の中から見つめている彼の目を見るのは――彼女のことを見ているのかどうかも分からないのは――恐ろしい。

いつもの友情をこめた目で彼に見つめられているときでさえも、彼女は、渡ることも消し去ることもできない二人の間の隔たりを垣間見てしまった落胆を忘れることができなかった。彼の親しみのこもった表情は自分に向けられたものなのだと確信できさえしたら！　しかし、それは知る由もないことだった。尋ねられるような問題ではないのだ。自分を通して、ずっと昔の、まったく違う状況での知人を見ているのではないかと、彼女はいつも恐れていた。

今はもう故人になっていたり、世界中に散らばっている人々、彼にとってはまだ生きており、ここに存在している、見たこともない人々のことを彼女は考えた。彼はよくその人たちのことを、とりわけ、あの印象的な絵の作者のことを話してくれた。彼はその画家を深く慕っており、画家は死んでもなお彼に何らかの影響を与えているようだった。画家に嫉妬するというわけではないが、自分は決して加わることのできないものが彼にあるということが苦痛であるのを彼女は知った。恥ずかしくなって、彼女は、今自分が持っているもの、二人のすばらしい友情、時が過ぎても衰えたり、なくなったりすることのないお互いの理解に満足しろと、自分に言いきかせた。彼女にとって、彼は人生の核というだけでなく、人生そのものだった。そして、彼のほうでは、彼女との関係はそういうものではないし、これまでそういうものであったこともないということを彼女は承知したが、これは辛いことだった。

ますます彼が、彼女にはついて行けないところに引きこもり、暗い、孤独な、不可解な目で見つめているように思われることが多くなるにつれて、彼を失うという恐怖はいっそう強く感じられ、いっそう執拗なものになってきた。今では、二人の心が最も親密に通い合っているときでさえも、彼が突然自分を見捨てたりはしないという確信を彼女は持てなかった。「帰って仕事をしなくちゃ」といきなり告げると、彼は立ち上がり、さよならもそこそこにあわててフラットを出て行ってしまうのだった。彼が去って行くのを彼女は窓から眺める。孤独な、謎の、夜にさまよう男。猫のように素早く、音もなく動き、猫と同じ、あらゆることからひそかに超越した様子で何百万マイルも彼方の別の世界で自分の関心事だけに余念がない。彼は振り返りもしない。そして、この辛い疎外感を抱いたまま、彼女はつぎに彼に会うまで取り残されるのだった。

あるとき、このような別れ方をした後で電話があり、今晩行くからと彼が言ってきた。十時までには行くと彼は約束してくれた。彼女はまったく不安定な精神状態にあり、それを治せるのは、一日中待ち焦がれていた彼の頼もしい存在だけだった。十時まで待つのは果てしないことのように思われた。十時になってもいっこうに彼は現われないので、彼女はまた待とうと覚悟を決め、不安を押さえ、忙しく振舞い、時計は見ないようにした。しかし、のろのろと時がすぎて、広場恐怖症の人間にとっての広大な何もない砂漠のように耐え難いまでに、これから先ずっと待たねばならないのだということがはっきりしてくると、彼女はしだいに気が違いそうになってきた。十二時になる頃には、彼は来ないのだと彼女は決めた。

真夜中を少しすぎた頃に彼が着き、憔悴した彼女に驚いた様子を見せたとき、どうしてこんなに遅くなったのかと、彼女は思わず尋ねた――十時に来るって言ったのを忘れたの？

「いや、忘れない。でも、片づけなければならないことがあったんだ」謝罪も、これ以上の説明も必要ないというように彼は答えた。

「でも約束したんだから――どうして、遅くなるって電話をくれなかったの？」声に非難の調子をこもらせることで、彼女は何年間も守ってきた決心を捨てた。しかし彼は、彼女の言ったことはまったく無分別だといった様子で、彼女をぼんやりと見ただけだった。

「仕事をしていたんだ。どうして電話ができる？」

これ以上何を言っても無駄なことは分かっていたが、彼女の口からは思わず、また同じ言葉が出てきた。「でも、約束したんだから……」
動ぜず、何も理解せず、彼は繰り返した。「仕事をしていたんだ」今度は少し怒った様子だったので、彼女はそれ以上何も言わなかったが、彼のことを何も知らないのだと、一瞬嫌な気分になった。

奇妙なことだった。彼は彼女のことを何でも理解している。どうして、彼女を怖がらせたり、傷つけたりしたときにそれと気がつかないなどということがあるのだろうか？　彼はこんなにもたくさん、こんなにも気前良く与えてくれ、彼女を絶対的に支えてくれていた――ところがそれは、突然彼がいなくなってしまうまでのことだった。いつこうなったのか、彼女には分からなかった。彼の家のまわりの通りを二人で歩いていたのか、二人の一連のゲームの無尽蔵のエピソードのひとつを演じていたのか、星屑が集まった回転する幾多の銀河の中に存在することを何であれ論じていたのか、とにかく突然、前触れなしに、二人の親交の閉ざされた魔法の世界は、冷たく、残忍な隔たりの無関心な、よそよそしい一瞥で打ち砕かれてしまった。彼女はこれに耐えられず、彼を呼び戻したかった。二人を、何ものにもこわされることのない強さで結びつけたとされる宇宙線のことを思い出してもらいたかった――どうして彼女を見捨てるなどということが彼にできよう？　しかし、彼の私生活には立ち入るまいと決めていたので、彼女は何も言わないまま、消し去ることのできない恐怖も深い奥底に追いやった。

彼がわざと不親切な態度を取るということは考えられない。そこで彼女が出した結論は、彼はその創造力故に、自分ではそれと気づかぬまま、何らかの基本的な必要に迫られて冷酷なのだ、というものだった。しだいに、彼女は理解しようとするのをあきらめた。彼は、彼女には複雑すぎた。彼女には彼の持つ多くの矛盾を解明することはできず、ただそれを受け入れるしかなかった――彼と会うことがどんどん少なくなってきているという事実を受け入れたように。

十二歳の年の違いが、今や二人の敵となり、二人が会うことの障害となった。彼は心臓発作に襲われてしょっちゅう具合が悪く、そういう状態のときには、プライドからかあるいは彼女が頼っているイメージをこわさないためにか、彼女から離れているのだった。彼に会えるのは、彼の体調が良いときだけだったので、彼女は彼の健康状態が容易ならぬものであるということが分からず、彼が段々に変わっていることに気がつかなかったので、彼が家に閉じこもり、彼女に会うことを断わったときには少し不満を感じた。しかし、彼がまた姿を現わしさえすれば、彼女の不平は忘れ去られ、何もかもこれまでどおりになるのだった。

あっという間に昔の魔法がよみがえり、二人は、正常の範囲を越えた絆で結ばれるのだった。

一度、彼の具合が悪くて何週間も会えなかったとき、あたかも彼とのつき合いが途絶えたのが原因であるかのように、彼女のほうも病気になってしまった。熱があり、たまらなく彼に会いたかった。最後に会ったのは信じられないほど昔、まったく別の時代のことのようにさえ思われた。刻一刻と、頭から離れぬその思いは強くなるばかりで、彼女の心はますますかき乱された――何としても彼に会わねばならない、たとえ一分でもいいから。昼間は何とか自制したが、夜に向かって熱が上がると、彼女はひとり頭の中であれこれ考えるのはやめて、彼に電話をして、会いに来てくれるよう頼んだ。聞いたことのない声が電話に出て、彼はまだ出かけられるほど良くなっていないと言った。これが聞こえたらしく、彼が受話器をひったくって、耳慣れぬ調子で、すぐに行くと言ってくれた。

緊張し、かつ狼狽しているように響いた、あのような奇妙な声で彼が話すのを聞いたために、彼女の神経の疲れは増してしまった。たぶん、本当に出かけられないほど具合が悪いのだ。彼にまた電話をして、来てくれる必要はないと言おうかと、彼女はやましい気持ちで考えた。だが、少しの間心を決めかねた後に、彼の存在を切望する気持ちがこういう疑念を消し去った。

待っている間にも熱はどんどん高くなり、彼女は、悪夢のような夢うつつの状態と、それと大差なく不安定な、彼しか訪れることのないさびしいフラットの現実との間を不安な気持ちで揺れ動いた。じっとベッドに寝ていることができず、彼女は意味もなく歩き回っては、彼が見えないかと窓の外を眺めた。幻覚の熱の世界から彼女を救い出しに彼が来てくれるのを待ち焦がれる気持ちを押えることができなかった――よろめき、つまずきながら玄関に向かって来る彼が見えたとき、その彼もが恐ろしい幻覚のひとつであるように思われた。帽子をかぶらぬ丸い頭が、街灯の下で白かった。

彼女が待っていた、機敏で猫のように歩く男ではなく、こんな哀れで不安定な姿を見てしまったことは、彼女には激しく、苦しく、仰天するほどのショックだった。それは、最初に出会ったとき以来、心の中に彼のイメージをロケットのように肌身離さず持っていたのが、今この瞬間、彼があれからどれだけ変わってしまったか悟ったというようなことだった。彼はそれは弱々しく、病気にすっかり参っている様子だったので、彼女はぎょっとし、最初の数秒間はただ、彼が休息して回復でき、彼女が彼を笑わせることができる、そんな静かで安全な所に彼を連れて行きたいと、それだけしか頭にうかばなかった。

しかし、彼が部屋に入って来たとき、彼の曖昧さが新たな、そして恐ろしい形になったということが、熱でぼんやりしながらも彼女には突然分かった。恐怖が彼女を飲み込み、自制など吹き飛ばしてしまったので、彼女は彼の手をつかんで、目に涙をためて黙ったまま彼を見つめた。突然彼女は、かつて運命づけられていたが、永遠に逃れることができたと信じていた不治の孤独の苦悶を思い出していた。いきなりそれがまた彼女に迫り、他のすべてのものをおおい隠してしまった。そうと気づかぬまま、彼女はベッドに寝かせてもらったが、横になろうとも、彼の手を放そうともしなかった。半ば譫妄状態的な恐怖と、かつての形而上的な恐れの威嚇とに悩まされ、自分自身が信じられないほど何も見えていなかったということでさらに混乱し、うろたえていたのだ。

「わたしをおいていかないで!」激しい苦しみと狼狽の中で彼女は叫び、溺れかけているかのように彼にしがみついた。

「もちろん、おいて行ったりしないよ」男はこう言うと、念入りに優しさをこめてほほ笑んでみせた。こういう状況を処理するのに手を貸してくれと生命力の根源に訴えかけていたのだが、彼はそうするにはあまりにもろく、体力も枯渇しているのは明らかだった。

彼の老けた顔には哀愁が見えた。その顔は今やあの肖像画に描かれた彼の分身の顔であり、色こそついていないが、あの絵と同じ、何かに憑かれたような透明な顔で、同じように悲しげで、具合が悪そうで、今にも溶け出しそうな目をしている。だがそれでも、彼女の非理性的な恐怖は他のどんな感情よりも強いままだった。彼女は、たった今彼女に明らかにされようとしている恐ろしい形で彼女を見捨てることは絶対にないと、彼に請け合ってもらいたかった。

「ひとりにしないで。行かないで。一緒にいるって約束して」

「約束するよ」彼はこう言うと、しがみつく彼女の手からそっと離れた。「落ち着きなさい。そんなふうに苦しむのはよくないよ。ぼくは君を苦しめたりしないから」

椅子の上に置いたブリーフケースを開けようと向き直りながら、彼は顔をしかめていた。一瞬後に彼の表情から、彼が自分を見るのをやめてしまったと彼女は悟り、激しい動揺にとらわれた。彼が注射の準備をしている間じゅう、彼女は彼に嘆願し、裏切らないで、行かないで、自分の世界ではないこの敵意に満ちた世界にたったひとり置き去りにしないでと、切々と訴えた。涙にむせた、狂ったような、熱にうかされた声が、ミュータントだの宇宙線だの二人のこわされることのない結びつきだのと、しゃべりまくった。

彼には、彼女の声が聞こえなかった。聞こうとしていなかった。彼は自分の中に閉じこもってしまっていた。彼の顔に浮かんだぼんやりとした表情は、あまりに苦しくあまりに困難な状況から、それだけの力がなくて満たすことのできない要求から、自分を守るためのものだった。彼は事態を、自分の医者としての良心にまかせた。それが彼の代わりを務め、バスルームから出たり入ったり、ブリーフケースの中をさがしたりする間じゅう、機械的な職業上の優しさと安心感をこめて話し続け、まるで子供か、あるいは精神病患者を静めるように、なだめるような、穏やかな、落ち着いた、抑揚のない口調を崩さなかった。

「さあ、もう眠らなくちゃいけない」薬の液が入った注射器を手にしてベッドに近づきながら、彼は言った。

彼女は泣き叫ぶのをやめて、言葉にもならないほどの絶望に襲われて枕の上に倒れていた。そして、つかの間、彼が額をなでてくれ、彼女を見てくれたようにすら思われた。

「怖がることはないんだよ。君を裏切ったりはしないと約束する」愛情あふれる、慰めのほほ笑みを見事なまでに演じながら、彼は彼女の皮膚をつまんで針をさした。

注射の間、彼女は彼のほうに少し顔を向けた。しかし、彼の目は下を向いて注射器を見ており、彼はもう彼女のことを見なかった。すでに彼ははるか彼方に去ってしまい、一秒ごとに、言葉にならないほど彼女を恐れさせる恐ろしい、新たな未知のようなものの中にどんどん遠ざかってしまっているようだった。今ようやく、彼女はそのことを理解しかけたというのに。

最後の力を逆上したかのように爆発させて、彼女は彼の注意を自分に向けさせようとした。「戻ってきて！　あなたがいなくては、生きられないの！　縞馬を忘れてしまったの？　わたしを棄てることなどできないはずよ……。最後まで二人一緒でなければいけないって言ったのはあなたじゃないの……あとのことは心配するなって言ってくれたじゃないの……」しかし、苦悩の悲鳴となって彼女の口からほとばしり出るはずの言葉は、仮に聞こえたとしても、かすかなささやきとなって出てきただけだった。

彼は気づかぬ様子で、よそよそしい、機械的な手際の良さで針を抜き、その腕に綿を押しあてた。

「彼は行ってしまった。わたしはまたひとりぼっちだ」絶望のどん底で彼女はこう思った。絶望感が海のように彼女におおいかぶさった。

だが、その考えを正すかのように、彼は優しい父親のような権威と同情の亡霊を呼び出した。「眠るんだ、かわいそうなひとりぼっちのお嬢さん。君を苦しめたりはしないと約束しただろ。ぼくがその約束を守っているのが分かっているくせに。いつでも約束は守るよ」

話し終えると、彼は彼女を見下ろしてほほ笑んだ。魅力的な、優しい、半ば悲しげなほほ笑みだった。その間にも、彼の不可解な、くぼんだ、今にも溶けそうな目が、完全な孤独の中から見つめていた。その孤独はまったく近寄り難いもので、彼女はその夜一晩じゅう、つぎからつぎへと駆けめぐる不吉な夢の中でその孤独に悩まされた。そして、これからの人生でも毎晩のように悩まされることだろう。

タウン・ガーデン

みんながわたしのタウン・ガーデンをうらやましがっているのは知っている。土地が不足している街の真ん中に、わたしが自分ひとりだけの庭を持っていることに腹を立てているのだ。

彼らの言い分はこうだ。あたしたちは、地上何マイルものフラットか、さもなければ地面の下に押しこめられているのよ。部屋の中は暗いので一日中明かりをつけておかなければならないし、スーパーマーケットの棚に並べられた品物みたいにぴったりとお隣とくっついてるわ。木一本、草の葉一枚見えやしない。見えるのは壁と車だけ。足はいつでもコンクリートの床に立っているか、死んだような舗道を歩いているか。家の中にいるのか外にいるのか、分かりゃしない。子供たちをのせたエレベーターが、コンクリートの塔の上からコンクリートで舗装された庭にある遊び場まで急降下する。どちらを向いても、あたしたちは、人間が作り出した固くて、大きくて、ぞっとするような物に取り囲まれているわ。週末に、自然の世界をひと目見たいと思ってわざわざ公園まで疲れ、うんざりしながらも出かけていけば、いつでもがっかりさせられるのよ。数えきれないほどの人間が、同じ気持ちに駆られてやって来てるの。そういう連中がそこらじゅうにいっぱいなので、草も見えないわ。本当は、草なんてないんだけれどもね。地面がひとかけらでも見えてる所は、どこも例外なく土がむき出しになってるの。無数の足で踏みつけられて、草がすり切れちゃったのね。たまに目に入る草は、茶色い、枯れて干からびた茂みだけ。ほこりにまみれた木は落胆し、醜く、みじめな様子で、下のほうの枝は不良に折られてしまっているし、幹はわいせつな言葉が刻まれて汚されているのよ。季節も終る頃になって葉がいやいや出てきたかと思うと、すぐにしぼみ、黄色くなりはじめてしまう。煙や排気ガスの毒にやられてしまって、街の中ではもう一日も生きられないほど参ってしまっているのね。

腰をおろすところと言ったら、がたがたの古い椅子が少しあるだけで、しかもそれはもうほとんどこわれかけていて、座ろうものならばらばらになっちゃうこともしょっちゅうよ。だけれども、座れるところは本当に少ないのに、それを求める人間は本当に多いから、椅子に座れた人は、それをひったくろうと決心した、うろつき回る略奪者たちにあっという間に取り囲まれてしまう。毎日毎日、このこわれた椅子は、絶え間ない争いのためにますますこわれていく。それはやかましい議論があちこちで続いているし、おまけに子供や犬やトランジスターラジオがたてる騒音も加わって、平穏無事なんてことは考えもつかないわ。ティーンエイジャーの群がこの騒ぎに輪をかけて、人混みの間を押し分けて歩き回り、騒ぎや混乱は引き起こすし、突然とてつもない大声でわめくし、老人を驚かしたり子供をなぐり倒したりするしで、野犬の群みたいに攻撃的で厚かましいんだから。

公園のひどいところはこれだけじゃないのよ。集団になった人間って感じが良いもんじゃないでしょ、特に暑いときは。夏になると裸同然で歩き回るのよ。ものすごく太った女たちが山のようなお尻やぶらぶらした胸を、これっぽっちの慎みもなく見せびらかすのよ。股をいじくりまわす男たちにもげんなりね、O脚だったりX脚だったり。しなびてたるんだ、申し訳程度の手足か、さもなければ筋肉が肥大しすぎて、奇形のよう。胸は生っ白いか、汗でびっしょりの縮れ毛でおおわれているか。どのわきの下からも嫌な匂いのきのこが生えている。雷の来そうな日なんかは、こういう汗をかいたむき出しの体から出る匂いが公園中にたちこめて胸が悪くなりそう。近くを走っている車のディーゼル・オイルの匂いよりもすごいんだから。もう我慢できないほどなのよ。咳が出て息も詰まりそうになるもんだから、その匂いを吸わないように、息を止めるの。だけど、人間は息をしなくちゃならないでしょ。だからできるだけ早いとこ、そこから逃げ出すしかないのよ。骨折り損のくたびれ儲けってわけね。

不機嫌になって、むっとして、痛む足を引きずりながら、長い家路につくの。子供たちはぐずりながら、のろのろと後についてくる。服は汚れ、くしゃくしゃで、小さな、泣きべそをかいた顔は、泥とチョコレートと涙の跡とにおおわれて見分けがつかないの。おとなたちはうんざりし、疲れ切っているので、後をついて来るこの哀れな、むずがる子が自分の子なのか、よその子なのか気にもしないわけ。ただただ、家に帰って休みたいだけなの。うんざりと欲求不満とで気分は滅入るし、体のほうは、持ってる荷物の重さで腕が抜けそう――絵の具箱にカメラにピクニックバスケット。また失望に終った、古い希望のばかげた遺品。

葉一枚見ることさえかなわぬ、この同じ壁と通りの真ん中に、わたしが自分の庭を持っているというのがいかに不公平に見えることか、わたしは十分承知している。わたしが歩道を歩いていくのを彼らは黙ったまま見つめ、それから集まって、わたしのあとを執念深い顔で見やりながらこそこそささやき合う。「ほら、彼女よ、庭を持ってる女よ」わたしのうしろでこうささやくのだ。「絶対、何か不正なことがあるに決まってるわよ」「どうもうさんくさい女だもんね」「頭がおかしいみたいよ」「いつでもひとりなのよ。誰かと一緒にいるのを見たことないわ――これは、あやしいわよ」「正常じゃないわよね」「どこか狂ってるのね」「あたしが前からずっとそう言ってたじゃない」

みんな恨めしく思い、わたしを嫌うに決まっている。だが、わたしの庭について、そうすぐに結論に飛びつくべきではない。それが本当はどんなものか知ったら、いったい何人の人間がわたしと住まいを取り替えることだろう。彼らは家に帰ってドアを開ければ、すぐに子供たちや家族の者に取り囲まれ、その笑い、話し、質問する声が、どこへでもついてくるだろう。この庭ではまったく違う。声はまったく聞こえない。わたしは世間とは没交渉で、ここにまったくのひとりでいる。これからもずっとそうだろう。

今日は暖かくて、曇っていて、静かな日だ。わたしは、ペンキがほとんどはげ落ちてしまったベンチに座っている。わたしの庭は、大きめの部屋ほどの広さで、四方を取り巻く壁のために、ちょうど部屋のように囲まれているように思われる。長いこと空だったのでみんなにその存在を忘れられてしまった部屋のようだ。ベンチのうしろは、わたしの家の壁。左手には、隣の家の灰色で、窓がない壁。古い、枯れかけたつるが、そのよじれた茎ではっきりしない筆蹟を記している。右手と前方には、十フィートの煉瓦の壁と木と藪がある。このようにおおわれているため、この庭にはほとんど日が射さず、今日のように日が出ていないと、影ひとつできない。地面と石はからからに乾いているというのに、わたしは、ここがまるで水びたしであるかのように、濃い影がおちた、暗く湿った部屋を思い浮かべる。そよとの風もない。何も動かない。生きているものは何ひとつ見えない。一本の花もない。草はそこいらじゅう一面にはびこり、強いものが、自分よりもか弱いものを枯らしてしまっている。

今突然、この物音ひとつしない、隔離された庭が、本当に、部屋というよりは穴に見えてきた。地下室とか、土牢とか、何か沈下した場所だ。突然、自分はここの囚人なのだという気がしてくる。四方には壁、上には低い灰色の空のふた。木々は静かだ……。まったく動かない枝には何か不自然なところがある。こんな静けさ……。恐ろしいくらいだ。静けさというよりも空虚、無……。

仲間となる影すらもなく、わたしはこの静けさの中に、このさびしい静寂の中に閉じこめられているのだ。ほこりまみれの緑の葉は、まるで金属でできているように動きもせずたれ下がっている。動かない木々の間をこちらに向かっていつもの幽霊がふらふら近づいて来ても、葉は一枚もぴくりともしない。並はずれた激しさで生きている人間が、常に出入りする場所に自分を残したとしても、そして後にその姿が、波長が合った人間の目に見えたとしても別に不思議ではない。彼は、わたしのほうを見ずに、足速に通りすぎて行く。長い間歩かないでいた地面の固さをためすかのように、まず爪先をおろし、それから踵をつけている。

もしかしたら、彼と話すことができるかもしれない。わたしはベンチから飛び上がり、一歩前に進み出て、にっこりし、こんにちは、と言う。どうやら彼はわたしに気がつかないらしい。こんなことではわたしは驚かない。彼の奇妙なふるまいには慣れているのだ。いつでも彼は謎めいており、計りしれない行動をこれとはまた異なる程度で行なう魔法使いにも似ている。彼は、先が尖った棒を拾い上げ、それを手にしながら、何かをさがすように草木の間の地面を調べている。彼はかつてこの草木を愛しており、その頃はこの草木も、必ずしも今のように不健康で乱雑だったわけではないだろう。わたしが草木をおろそかにしていると彼に思って欲しくない。だが、無理に彼の注意をこちらに向けさせたくもない。そこで、ひそひそ話のようなとても低い声で、まるでひとり言のように、最近はとても疲れてしまって、庭仕事ができなかったの、と説明する。おまけに、この庭を見てくれる人もいないものだから、わざわざ骨を折って手入れすることもないんじゃないかと思ったのよ。彼は無視している。彼は、棒きれを地面に突き刺したその場所に神経を集中させており、そして紫と黒二色の、腎臓型をした輝くものを穴の中に落とす。この動作を何度も何度も繰り返している。芽が出ることだけが唯一重要なことで、それは彼の選択ひとつにかかっているかのように、変わらぬ慎重さでひとつひとつの場所を選ぶのだ。

落胆しはじめて、わたしはため息をつき、咳払いをし、両手をポケットに入れてはまた出し、体重を片足からもう片方へ移し、小石を蹴り、そしてまたおとなしくじっとしている。わたしのすることは何ひとつ、ほんのささいな変化も起こさない。彼は相変わらずわたしがいることに気づかぬ様子で、話もしないし、わたしに一瞥もくれない。「ここに来たんだから、一度ぐらいわたしのことを見てくれたっていいじゃないの」わたしは思わずこう言ってしまう。「それとも、ただ豆を植えに来ただけなの?」

それでも沈黙が続く。彼は何にも注意を払わない。彼の関心はもっぱら穴に向けられており、それを彼は今、棒で土を突つき落として埋めている。どうして、彼に分かってもらえないのだろう? わたしも幽霊にならなければ、お互いに話をすることはできないのだろうか?「一緒に連れて行ってくれさえしたら……」わたしは話し出す。が、突然、彼がもういないことに気がつく。あの謎の影は庭から消えてしまった。庭にはまた静寂と孤独と捕われたわたしだけ。

もう我慢できない。一瞬、またここを出て行くことを、何かをすることを、誰か話相手を見つけることを考える。だが、それは見せかけにすぎない。わたしは動かない。自分の居場所はここであり、自分はここにとどまるのだと、わたしにはよく分かっている。ここは何てじっとしているのだろう……。何て静かな……。何てさびしい……。

ときおりわたしは、結局のところ、群集でごった返した公園のほうが、誰ひとりとして――幽霊さえもが――ほんのひと言も話さぬ、閉ざされた庭の静かな空虚さよりもましではないのだろうかと考えることがある。

取り憑かれて

それが起きたのは夜の九時から十時の間、彼のいつもの時間だった。ロビーの内側のドアが、まるで彼が鍵を使って入ってきたかのように突然開いたので、彼女は振り返った。何カ月もたった今、彼がふたたび現われることなどまったくばかげており、ありっこないというのに、純粋な喜びがたちどころにみなぎり、電撃のように体を貫くのを止めることはできなかった。彼に関係した奇跡がいくつも起こっているのだから、これもそのひとつかもしれない。宇宙線と突然変異の神秘が二人を縛りつけているのだもの——二人は夢の中だけでなく、肉体を離れてどこまでも一緒に行くこともできたのかもしれない。

理性ある頭脳が幻を打ち消す前に、すでに歓迎の言葉が口をついて出、筋肉は、いきなり若々しく飛び上がって彼を出迎えようと緊張し、両手は、すぐに彼を部屋に招き入れようと差し出されていた。「来てくれて、本当に嬉しいわ……」振り向く最中にすでに、彼の顔がしわくちゃになり、いつでも耐え難いほど痛ましいものに見えた、あの悩んだ表情を浮かべていることは分かった。だが、悲痛なほどの謙遜をこめて彼がこう言ったとき、彼女にはそれが本物なのかそれとも見せかけなのか判断がつきかねた——本当だろうが嘘だろうが、それがどうだというのだ?……「このところ会いに来なかったからって、腹を立てちゃいけないよ。来たかったんだが——できなかったんだよ……」

「もちろん、怒ってなんかいなくてよ」彼女はこう答えるだろう。「あなたが今ここにいるってことだけで十分」そして、すべてが完全となり、理解される。何の説明も要らない。非難のほんの小さなかけらも、過去の悲しみも、彼の悩んだ顔とともに消え去り、彼は、これからの幸福を確信し、いつも挨拶するときに見せるあの暖かい、おかしそうなほほ笑みを見せるだろう。

しかし、もちろん、今は彼はいない。ドアは開いたけれども、誰も入って来なかった。彼女はドアを閉めようと立ち上がった。めくるめく空想のために真っ黒な意識の途切れがあったのだが、そのときに彼女は、今は自分ひとりではないということを思い出し、客の目が物問いたげに自分を見つめているのに気がついたので、彼に背を向けた。決して見えることのないものを見ようと見開いていたために、目が痛かった。

「何かの加減で、きっと風で開いてしまったのね。でなきゃ、幽霊が開けたんだわ」彼女は、不必要なまでの力をこめてドアをしっかりと閉め、それから友だちのところに戻った。いまだに——同情から？　好奇心で？　習慣の力で？——彼女とたまに夜を一緒に過ごしてくれる数少ない友人のひとりだ。

彼は、信じていない人間特有の愛想良く、屈託のない信じたふりをして見せて、うなずき、ほほ笑み、寛容にも自分も幽霊を見たことがあると認め、それから、いささか露骨に話題を変えた。会話が続き、彼女の静かな部屋に不自然なほど大きく声が響いた。部屋は、日頃聞き慣れぬ、騒々しい話し声に驚き、苦しんでいるように思われた。だが、話し続けるのは彼女にとって非常に骨が折れることだったので、彼女はすぐに黙りこんでしまい、ぼんやりとして元気なく、目の前の生きている客よりも、現われそこねた幽霊のほうに気をとられていた。おかげでその客は、彼女が彼に、また彼が何を言おうと、いっこうに関心を持ってくれないのにがっかりして、早目に引き上げたのだが、部屋を出るか出ないかのうちにもう彼女に忘れられてしまった。

いつでも同じだ。あの幽霊がいつでも彼女と彼女の実生活との間に入りこんでくるのだが、彼のほうがはるかに大切なのだ。というのも、この故人だけがいまだに彼女の唯一の仲間であり、今は途絶えてしまった二人の関係こそ、彼女が知っている唯一の真の人間的な触れ合いだったのだ。

まだ生きている彼を最後に見たとき、彼の生命力はすべてもぎ取られており、直接目には見えないが、それは恐ろしく、微動だもしない、決定的な冷淡さを秘めた尖った顔が目の前にあったので、彼女は心の底からぞっとして凍りつき、底知れぬ絶望に飲み込まれてしまった。何年間にもわたって忠実に支えてきてくれたのにもかかわらず、彼の巨大で、非人間的で、聞こうともせず、見ようともしない近寄り難さは恐ろしかった。彼は約束を守らなかった。彼女を見捨て、ひとりで苦しむまま放ったらかしたのだ。

彼がいなくなってから、世界は、狼狽するほど奇妙なものになってしまった。彼女にできることは何ひとつないし、行ける所はどこもない。途方にくれ、さびしく、目がくらみ、何もかも、自分自身さえも——これは、彼が絶え間なく励まし、安心させてくれなくても生きていけるほど強くないのだ——奪われてしまったような気持ちだった。孤独が彼女を責めつけた。何日間も彼女は誰とも会わず、誰とも話さなかった。電話はめったにかかってこない。街で見かける他人たちは、まるで別の種の生き物でもあるかのように、ぎょっとした様子で、彼女のほうを見ようともせず、険しい顔をして、早足でどんどん通り過ぎて行く。道の真ん中に立って、向こう側に渡ろうと、車が左右に疾走して行く中を待っていると、自分のまわりの騒々しい、非論理的な混沌から完全に疎遠であるという感じがした。まるで、非世界に立って影を疑いの目で見つめ、どれが本物なのだろうかと考えているようだった。

存在を絶つという行為で彼女に与えた恐るべき打撃にもかかわらず、生前彼女の人生を満たしていたこの男性は、いまだに彼女にとって唯一の現実だった。彼はこの世からいなくなってしまった。二度とふたたび彼に会うことはない。それなのに、今でも彼はいつも彼女とともにいて、彼女に語りかけ、彼女と知覚力を共有している。彼が完全に彼女を占領しているので、実生活のための余地はまったくなく、彼女は世の中から締め出されてしまっている。彼がいなくては生きていくことができないので、彼女は彼を幻の現実としたのだ。何もないよりは彼の幽霊のほうがましというわけだ。超自然現象という考えは頭に浮かばなかったし、そもそも彼女はそういうものを信じていなかった。しかし、幽霊が生きている彼とほとんど同一であるように思われることがときどきあった。彼が生きていたとき以上に彼女は、まったく愉快な形でというわけではないが、中毒になったように不可欠なものとして彼に取り憑かれていた。

彼はいたる所で待ち伏せている――踊りはねた乗馬像がある並木道で、並木がある広場《スクエア》で、地下鉄の駅で、図書館で、商店で。外国でも彼女を待っているのは分かっている――湖と山のそばで、ホテルや診療所《クリニック》で、水槽の中で押し合って泳いでいる鱒の不運な、ぎょろぎょろした目の前で、彼が一晩中彼女のために詩を作り、絵を描いてくれたとあるカフェで。当然彼は、二人がしょっちゅう歩いた通りや公園によく現われる。二人で来たことのあるレストランのテーブルの間で、忘れていた会話がいきなり心に浮かび、彼女を苦しめる。自宅付近の静かな通りでは、通りかかる人の顔をちらりと見ては、彼ではないかとはっとしそうになる。朝になると、今日は彼が会いに来てくれると確信して目をさまし、もし動いたりしたら彼に会えなくなると思いながら、一日中ドアをにらんで座っているのだ。さもなければ、彼がどこかでいらいらしながら待っているという気が突然して、悪夢のような不安に駆られながら、昔の待ち合わせ場所をつぎつぎに走り回る。そして何時間かたち、気がついてみると家に帰っていて、疲れ切り、心細く、泣きたいほどで、本当にあちこち走り回ったのか、それともただそう想像しただけなのかはっきりしないのだ。

郵便受けから取り出す、薄っぺらでくしゃくしゃのちらしは、ほんの一瞬、彼の走り書きのメモとなる。隅にはわいせつな猫の絵が描かれ、くすんだ紫色のクレヨンでなぐり書きされた伝言は読みにくいが、どうやら、「故M参上……」らしい。電話が鳴れば彼女は飛んで行き、向こう側の声が彼女の耳に語りかけるまで、彼の取り乱した声が彼女の名前を呼ぶのを待ちうける。毎日のように、街を行ったり来たりしていると、向こうのダークブルーのスーツ姿の人間が彼に似ているように思われて彼女の心は切り裂かれるのだ。ある日、パンを買いに急いで外に出たとき、突然予感がした。そして、そう、彼がいたのだ。目の前の人混みの中に混じって、彼女と同じ方向に歩いて行く。他の人たちを押しのけるかのように心もち前かがみになり、両手両腕をいくぶん体から離している――あの特徴ある、うろうろした歩き方は間違いっこない。しかし、ほほ笑みながら、一心不乱に彼の前に飛び出してみると、彼は陰鬱でむっつりした顔の、見たこともない初老の男に変わってしまい、幽霊の幻想は通りすぎるバスの騒音と排気ガスの中に消えてしまった。彼女は、このように彼を意識することから逃れたいとは思わなかったが、それでもその意識はやはり重荷であり、捨てるに忍びなく、どこへでも運び歩いている死体のようだった。仕事部屋に入ってみると、不可解な苦笑を浮かべながら彼女の最近の絵を眺めまわしている彼の姿がないことに半ばびっくりする。絶望のために彼女の絵は暗く沈んだものとなり、すでに色褪せ、彼女の現在の生活の退屈と空虚とが飛び散っている。彼女の活動はすべて嫌な、うんざりとしたものとなり、あきあきしてしまった。これまでしてきたことはすべて彼のためにしたのだ。その彼がいない今、どうしてわざわざ何かしようなどと思うだろうか。

落ち着かぬまま、彼女は暗くなりはじめた庭に出ると、冷たいたそがれが水のように彼女のまわりに満ちてきて、逃れようがない彼の霊気《オーラ》ですでにいっぱいの小さな庭にあふれるのを感じた。今頃になると彼は数分立ち寄って、暗くなるまで庭を歩いたり、腰かけていたりしたものだった。ときどき、仕事に夢中になっていると、彼が邪魔をしてくれなければ良いのにと思ったことがあったのだが、そのことを思い出すと彼女は新たな心の痛みを覚えた。このところ何にも仕事をしていないのだから、彼はいつでも好きなときに来られるのだ――どうして、今ここにいないのだろう?　この思いに呼び出されたかのように、無帽、無髪の品位ある彼の頭蓋骨が、先年彼が豆を植えた場所に、葉を背にして一瞬、透き通って見えた。しかしすぐにまた、もはや誰も訪れる者がいない見捨てられた庭だけが残った。樹々や高い壁に囲まれて、まるでたそがれどきの暗いプールのような庭。そこにあるのは、彼女の悲しみと孤独と急速に深まって行く薄暮の静かな水のような冷たさだけ。家の中では、部屋の特定の場所、特定の物が、いつでも彼の姿を生き生きと呼び起こすが、これに対しては彼女は心の準備ができている。それは残酷に彼女を傷つけるのは、出し抜けに、偶然に彼を思い出させるものだ——ソファーに残されたコート。緑色のクッションに横たわり、いつ何時死ぬかもしれないという考えに慣れきった人間の持つ運命の決まった冷静さで身動きもせず、二本の指で自分の脈をはかっている彼の弱りきった姿を真似ている。

夕闇がせまる、幽霊に憑かれた部屋の空虚さに耐えきれず、歩くことで心を静めようと彼女は街に飛び出した。だがそれでも、冷酷な時が一秒一秒と鋭いさびしさで、喪失感で、まるで矢のように襲いかかってくる。明かりが灯り、見知らぬ人影の輪郭を浮き上がらせる。その顔に、手足に、声に、しぐさに、一瞬ちらりと似たところがあって、彼女を苦しめるのだが、それはもう一度目をこらしたときには消え去ってしまうのだった。一度など、暗い小道で、ちょうどスナップ写真に写っているように彼の幽霊の片眼鏡の顔に不可解な微笑が浮かんでいるのを見たことさえある。その時胸に残った彼への餓えた思慕はあまりに激しく、体が痛くなるほどで、耐え難いものに思われた。実際に手の届く範囲にいた時にはあれほど軽く考えていた、あの安心感を与えてくれる姿で、彼が一度だけ、もう一度だけ現われてくれさえすれば……。二人が会うときの様子が、彼女にははっきり分かっている。絶対に間違いなく彼の目が彼女の目と合ったかと思ったのに、すぐにその目はそれてしまうが、口元がほころび、嬉しそうな、親しみのこもった微笑が浮かぶので、この芝居は台なしだ。この微笑を見ると彼女はいつでも装われた無関心――よそよそしさ――それとも何だろう?――が浮かんだもうひとつの顔を忘れてしまうのだった。それにしても、ちょうど、初めは誰も信じていなかったのに最後には本当のことになった大昔の呪いのように、最初から存在していたのが、最後に彼が約束を破ったことで確実なものとなった、あの曖昧さはいったい何なのだろう?

この疑問は答が出ずじまいだった。もうだいぶ疲れたから家に帰ろうと思い、だるい足を引きずって、人っ子ひとりいない街を、何も注意を払わず歩いているうちに、彼女は、彼が近くにいるという強い感覚にとらわれた。彼女がいたのは、彼女と彼が知り合って以来ずっと彼が住んでいた家から数ヤードの所だった。すぐに彼女は、この前その家に入って苦しい思いをしたときのことを思い出した。彼の不在が悲鳴のように小さな部屋のひとつひとつに充満しており、今はもう絵を眺めたり、本棚から本を取ったりする人はいないのだということが痛ましいほど明らかだった。こまごまとした物、話しながらよく彼がなでたり、手に持ったりしていたお気に入りの品物——白い翡翠の魚、堅い紐の尻尾をつけ、絵の具を塗ったベンガル虎——は飾り棚のガラスの向こうに幽閉され、その牢獄から悲しそうにこちらをにらみつけている。彼が愛していたものが放たらかしにされているのを見ていることができなくて、わずかな間ひとりきりになれたとたんに彼女は部屋を出て階段まで行った。そこで、何かにうながされて彼女は、彼の部屋のドアから顔をのぞかせてみたが、すぐに激しい悲しみに打ちのめされた。彼女をベッドに連れて行こうとさし出す途中で、彼の柔らかく、力強い両手が薄い空気の中でばらばらに崩れてしまったのだ。

今、ガレージの——彼のピアノを入れるだけのスペースがあったのはここだけだったのだ――ドアが開いており、中で彼がピアノを弾いているような気が彼女にはした。それは強烈な幻影だったので、彼女は思わず彼のもとに行こうと歩き出した。しかし、必死に気を取り直して、自分の家のほうに向かった。彼がしょっちゅう弾いていたおなじみの曲が、暗闇の中、彼女の後を漂ってついて来る。決して終ることのない、そしてその始まりの部分は一度も聞いたことのないある長い曲の真ん中部分らしい、弱音の、もの悲しい、未完成の楽節だった。思いに沈んで漂う音色に、彼女の心は耐え難い悲しみに襲われた。それでも、彼女は街角に立ち止まって、もう一度耳を澄ました。しかし、もうかすかな音は消えており、彼女は静かな、誰もいない暗闇にたったひとりだった。

歩き続けながら、もうベッドに入っても大丈夫だろうか、もう眠れるだろうかと彼女は考えていた。疲れから両脚に痛みを覚えながら、彼女は階段を上り、玄関を開けた。家の中は暗く、荒れ果てているように思われた。ロビーに入り、片手を伸ばして外の明かりのスイッチを切る。それから振り返って――どのスイッチがどの電球のものなのかはっきりしないので――階段に目をやったとき、幽霊の顔が目の中にきらきらと飛びこんできた。その顔を見ただけで胸が張り裂けてしまいそうな、すまなさそうな表情が浮かんでいたので、彼女は声を上げて言いそうになった。「そんな顔をしないでちょうだい。こうしてここに来てくれてるんだから、もう何も問題はないのよ」

ジュリアとバズーカ

ジュリアは、長くまっすぐな髪と大きな目を持った小さな女の子だ。ジュリアは花が好きだ。小麦畑でつんだ赤いひなげしのぞんざいにまとめた大きな花束を持っているが、高く持ち上げすぎて目の他は顔が全部隠れてしまっている。その目が悲しそうなのは、ひなげしを棄てなさい、花びらがそこらじゅうに落ちて汚れるから家の中に持ってきてはいけません、とたった今言われたところだからだ。もう花びらが散りはじめたものもあり、彼女の服の前は真っ赤になっている。ジュリアはまた、あまり友だちを作らない、無口な女学生だ。それから彼女は、最終試験に合格した他の学生たちと一緒に立っている背の高い学生だ。彼女たちの顔は晴れ晴れとして、興奮し、世の中に出て人生を始めようと胸をときめかせている。ジュリアの目だけが悲しそうだ。みんなと一緒に笑ってはいるけれども、彼女には、みんなが持っている生きることへの意気込みがない。彼女は、他の人間から切り離されているような気持ちがする。世の中が怖い。

ジュリアはまた、白いドレスをまとった若い花嫁だ。片方の手には薔薇の花束、もう片方には、アルページュをつけたレースの縁取りのあるハンカチとプラスチックの注射器が入った、とても小さく平たい、白のサテンのバッグを持っている。今、ジュリアの目は少しも悲しそうではない。彼女は、車のステップに片足をのせている。そのドアを開けているのは、襟に薔薇の花をさした茶色い縮れ毛の若者だ。彼女が笑っているのは、彼が何か言ったからか、腕をつねったからか、あるいは、今は注射器があるのでもう怖い思いをしたり、切り離されていると感じたりしないからか……。うしろに集まった、はっきり見分けがつかない人々は、ジュリアに対する責任をこの若者に転嫁できて喜んでいるかのような満足げな顔で眺めている。花が好きなジュリアは、彼らに向かって薔薇の花束を振りながら、若者と一緒に走り去って行く。

ジュリアはまた、一本の花もないまま死んだ。彼女が横たわっているのを見て、医師はため息をつく。役人の他は誰も来ない。背の高い女の子、ジュリアの灰は、彼女がテニスのトーナメントで勝ち取った銀の優勝カップに辛うじていっぱいになっただけだ。ゲームの腕を上げるようにと、プロのテニス選手が彼女に注射器をくれる。彼は冗談好きの男で、注射器のことをバズーカ砲と呼ぶ。ジュリアも真似をしてそう呼ぶ。この呼び方が滑稽なので、彼女は笑ってしまう。もちろん、麻薬中毒についてのさまざまな扇情的な話は知っているけれども、バズーカという言葉はそういう話をすべてたわ言としてしまい、麻薬ということがまったく重大なこととは思われなくなる。バズーカなしでは、彼女は優勝カップをもらえなかったかもしれない。せめて容れ物としてこのカップは役に立つだろう。決勝戦はジュリアのサーブで勝つことができる。左手にテニスボールを二つ持ち、ひとつを高々と放り上げると同時に右手を頭の上に素早く振りかざし、ヒュッとラケットを振りおろす。するとボールは相手のコートにほとんど一直線にネットすれすれに飛び込む。返すことはまず不可能なサーブだ。片手にボールを二つ握りながら、ジュリアはまた、縮れ毛の若者と並んでベッドに横たわる。ジュリアはまた、残骸の中で軍の毛布の下に横たわっている。そして最後には、ジュリアの灰は銀の優勝カップの中に入れられる。

葬儀屋か誰かがカップの蓋を閉め、海を見下ろす崖の頂上にある壁の中の、同じような何千という仕切り棚のひとつにそのカップをしまい込む。冬の海は軽石の色をしており、空は灰色の氷のように冷たい。冷たい風がまともに壁に吹きつけてゆらすので、その中の棚に入った銀のカップは震え、かすかな音をたてる。壁の根元に残っている（ジュリアのためにではない）霜にやられたわずかばかりの花を風は引きちぎろうとしている。ジュリアはまた、高い山の中、花畑の間を花婿と車で走っている。二人は車を停め、らっぱ水仙やふさざき水仙を抱えるほど摘む。仕切り棚の中のジュリアには花もなければ花婿もいない。

「これは彼女の注射器だ。わたしのバズーカ、彼女はいつもこう呼んでいたよ」かすかな、さびしそうな笑みを浮かべて医師が言う。「少なくとも二十年はたっている物にちがいない。ほら、目盛りが、しょっちゅう使っているんで消えてしまっている」金属製の容器で沸騰した湯の中にいつも入れておき、殺菌状態を保つガラス製の注射器とは違い、この使い古されたプラスチックの注射器はこわれない。この変色した古い注射器はいつでもどこかに置き放しにされ、細菌とか、いくつもの戦争や街の雑多なほこりがたまっていた。それでも、ジュリアには大した害はなかった。ときたま感染しても、ペニシリンで簡単に治ってしまい、特に大変なことはなかった。「そういう危険について、みんなやたらに大げさなのよ」

ジュリアと彼女のバズーカは世界中を旅する。彼女はあらゆるものを、あらゆる国を見たいのだ。縮れ毛の若者はいないが、彼女は車に乗っており、誰かが隣に座っている。ジュリアは運転が上手だ。何でも運転できる。レーシングカーでも、大きなトラックでも。レーシングチームの一員として走っていると、ヘルメットの下から長い髪が風になびく。今日彼女は、トップのレーサーに一秒の何分の一かほど遅れながら、レース場を走っているが、そのとき、彼の車のクラッチの一部が焼けて飛び散って彼女の車の左側のタイヤに刺さり、車は二回宙返りして壁に突っ込む。ジュリアはけがひとつせずこわれた車から出て来て、注射器が入ったバッグを手に歩き去る。彼女は笑っている。危険にさらされたとき、ジュリアはいつでも笑うのだ。注射器がある限り、何も怖くはない。怖いと思ったときのことはほとんど忘れてしまった。ときたま、縮れ毛の若者のことを思い出し、今どうしているのだろうと考える。それから笑う。花を持って来てくれて、楽しい気分にさせてくれる人はたくさんいる。注射器がなかった頃はいつもどれほどさびしく孤独な気持ちだったか、もうほとんど覚えていない。

ジュリアは、医師に会ったとたんに彼が好きになる。彼は、彼女が実際には知らないけれど想像していた父親のように思いやりがあり、優しい。彼は注射器を取り上げようとはしない。「もう何年もそれを使っているのに、君は少しも悪い状態になっていない。いや、むしろ、それがなかったらはるかにひどいことになっていただろうね」彼はジュリアを信じている。彼女が無責任ではないということ、一回の薬の量を極度に増やしたり、新しい薬を試してみたりはしないということを知っているのだ。麻薬中毒患者はみんな同じだと、みんな嘘つきで、みんな不品行で、みんな精神病患者か、快楽だけを追い求める怠け者だとする意見はばかげたものだ。彼はジュリアに同情している。彼女の性格が傷ついたのは、子供の頃に愛情を与えられなかったからであり、そのために他人と触れ合うことができないし、他人の中で気楽な気分でいられないのだ。彼の意見では、彼女が注射器を使うのはまったく当然のことであって、糖尿病患者にインシュリンが不可欠であるのと同じように、注射器は彼女に不可欠なものなのだ。注射器がなかったら、彼女は正常な生活を送ることができないだろうし、彼女の人生は悲惨の極みとなっていただろう。しかし、注射器のおかげで、彼女は誠実で、精力的で、聡明で、友好的だ。彼女は、一般の人々が抱いている麻薬中毒患者の概念とは似ても似つかない。誰も彼女のことを不品行だとは言えないだろう。

花が好きなジュリアは、街中にあるフラットの屋根に庭を作り、赤いゼラニュームの鉢に囲まれている。夏の間じゅう、毎日水をやる。太陽と風のために鉢がすぐに乾いてしまうのだ。夏が終り、空気が冷たくなる。葉が黄色くなってしまった。今のところ花はまだ持ちこたえているが、今度また霜が降りれば枯れてしまうだろう。今は戦時中、飛行爆弾の季節だ。爆弾は絶えずやって来る。食い止められるものは何もないようだ。ジュリアは爆弾に慣れており、無視している。見ようともしない。花を霜から守るために急いで全部摘み取り、家の中に入れる。それから冬になり、ジュリアは屋根の上で春の球根を植えている。飛行爆弾は相変わらずやって来ては、ごく低い所、屋根や煙突すれすれに飛ぶ。その音が空いっぱいに響いている。爆弾は、単調なエンジンの音を立てながら、つぎからつぎへと飛び続ける。エンジンが止まると、突然、はっとするような静寂が、不安が訪れる。何もかも、突然不自然なほど静まりかえる。こういう静寂が訪れたとき、ジュリアは上を見はしない。しかし、急に屋根の上がひどく寒く感じられ、彼女は急いで最後の球根を植える。

医師は、ある患者のことで一流の精神科医のところに相談しに行っていた。精神科医はとても威厳があり、それは良い服を着ており、外見にふさわしい声をしている。爆弾の静寂が始まると、彼のはっきりした、重々しい声が厳粛にこう言う。「横にあるテーブルの下にお隠れになったほうがよろしいかと存じますが」そして彼自身はと言うと、この上なくもったいぶって自分の見事なデスクの下にもぐりこむ。ジュリアは屋根を離れて階段に足を踏み出すと、階段がない。崩れてしまっている。家全体が崩れ落ち、倒れていき、世界が炸裂して燃える中、ジュリアは闇を落ちていく。防空対策本部の人間がジュリアを瓦礫の中から掘り出す。赤いゼラニュームの花びらが彼女の服の前にこぼれている。彼女はあいだの時間を忘れており、今もどんどん忘れていっている。誰かが灰色の毛布をかけてくれる。彼女は赤いしみがついた服を着てその下に横たわっている。バズーカが入ったバッグはちゃんと片方の腕にかかっている。炸裂する世界は何て寒いのだろう。北極光が突然輝き出し、空一面を冷たい輝きで照らす。砲火のように氷が怒号し、とどろく。氷河時代の寒さだ。冷たいガラスのドームが地球をおおっているのだ。高々と氷山がそびえ立ち、荒れ狂うブリザードは白い野獣のように襲い合う。この致命的な寒さの中で、すべてのものが氷に変わっていくが、この寒さは霜できらめく顔を持っている。ジュリアが知っている顔らしいが、それが誰の顔なのか彼女は忘れてしまった。

葬儀屋は、冷酷な風から逃れて、急いで自分の車に閉じこもる。牧師は帽子をかぶらず、薄い灰色の髪を激しい風で乱されながら、家に急ぐ。風が、霜にやられて黒ずんだ花で作られたぼろぼろの花輪を引ったくり、草の上を転がし、葬儀屋と牧師のわきを吹きとばしていくが、二人は見ないふりをする。もうこれ以上寒さの中にいるつもりはないのだ。花の面倒を見るのは彼らの仕事ではないのだ。彼らは、ジュリアが花を好きだということを知らないし、気にかけてもいない。それにどのみち、あの花輪は彼女のために置かれたものではないのだ。

ジュリアは、あの名のない顔のあとを追って走っている。テニスをしているときのように全速力で走っている。だが、近づいてみると結局、そのきらめく死の顔が誰のものか分からない。顔は消えてしまい、オーロラの輝きだけが残っている。彼女はふたたび、茶色い髪の若者の隣に立った花嫁だ。焼けつくような明かりだが、教会の中がとても寒いので薄いドレス姿の彼女は少し身震いする。北極光の目もくらむほどの輝きが、その冷たい炎で屋根を燃やしてしまった。たるきの間から雪が降りこみ、祭壇には氷が張り、座席の間の通路には雪が吹き寄せ、聖水と聖餐のぶどう酒は凍りついてしまった。雪がジュリアの婚礼の白いドレス、つららが宝石。ダイヤモンドのようにきらめく頭飾りが彼女の考えを混乱させる。みんなはどこに行ってしまったんだろう？　花婿は死んでしまったか、あるいはどこかの女の子と一緒にベッドに入っている。そして彼女は服に赤いしみをつけて、汚い毛布の下に横たわっている。

「誰か助けてちょうだい」彼女は叫ぶ。「動けないの」しかし、誰もまったく注意を払わない。彼女はもう寒くない。今度は突然、彼女は燃えている。熱が彼女を焼きつくしている。顔は燃え、乾いた口には灰がいっぱいつまっているようだ。優しい医師がやって来るのを見て、彼女は呼びかけようとするが、ささやくことしかできない。「お願い、助けて……」あまりにかすかな声なので、彼には聞こえない。ため息をついて彼は帽子を取り、その内側、ちょうど帽子に巻かれた皮のバンドの下の部分に小さな金色の字でつけられた自分の名前を見おろす。縮れ毛の若者は、誰かと一緒にベッドにいるわけではない。彼は海戦で負傷する。彼は軍艦の甲板に倒れ、士官が彼をつかまえようとするが間に合わない。若者は大きく傾いた甲板をごろごろと転がり、黒い底なしの海に落ちていく。士官は船べり越しに見下ろす。手には救命ベルトを持っているが、負傷した若者に投げてやろうとはしない。代わりに彼は自分でベルトを着けると、ちょうど降ろされる途中のボートに駆けて行く。医師は、高名な精神科医の家から帰って来る。頭を下げ、目を伏せ、彼はゆっくりと歩いていく。疲れ、悲しい気分なのだ。上も見ないので、ジュリアが窓からゼラニュームの花束を彼に向かって振っているのに気がつかない。

仕切り棚の壁は、冷たいたそがれの中、人ひとりいないまま立っている。葬儀屋は車で帰ってしまった。足が冷えて感覚がなくなってしまった。冬の葬儀は最悪だ。彼は車のドアをばたりと締めると、足を踏み鳴らして家に入り、風邪を引くといけないから、レモンと砂糖をたっぷり入れた強いホットラムを大急ぎで持って来いと妻に叫ぶ。ちょうどビンゴの集まりに出かけようとしていた妻は、遅れてしまうとぶつぶつ文句を言いながら、台所でばたばたと騒々しく動き回る。牧師館では、牧師が午後のお茶にクランペットを食べている。椅子を暖炉のすぐそばに引き寄せているので火床の中に入ってしまっているほどだ。

外は真っ暗になり、壁は黒くなった。風が壁をゆさぶると、ジュリアの中でわずかに残ったものが残されている仕切り棚から本当にかすかな音が聞こえる。確かにどこかに赤い花があった、もしまだ考えることができるならば、ジュリアはこう考えているだろう。それから何か楽しいことを考えるだろう。バズーカを思い出して笑い出すだろう。だが、本当は、ジュリアはまったく残っていない。彼女はいないのだ。仕切り棚にあるのは銀のカップだけ。考えたり笑ったり思い出したりすることはできない。ジュリアはもうどこにもいない。かつて彼女がいたところには何もない。

解説

清潔な世界へ

ニューヨーク・タイムズ・ブック・レヴューをわりかし丹念に読んでいた頃、七五、六年頃だったか、アンナ・カヴァンの『ジュリアとバズーカ』を知った。詳細は忘れたが、かなり熱狂的な書評で、『O嬢の物語』とかカフカとかいった名前が授用されていた。カヴァンの生涯の紹介もあって、というか、この紹介もこれまた熱狂的で、カヴァンの数奇な人生を拡大鏡を覗くみたいにさらに数奇に描き、いきおいこちらの関心もカヴァンの生涯の方に向いた。離婚、自殺未遂、ヘロイン、精神病院といったカヴァンの経歴については『愛の渇き』の山田和子氏の「バイオグラフィカル・ノート」に詳しいが、ブック・レヴューの拡大鏡的書評文をとおして、カヴァンの名を知った。「アンナ・カヴァンを発見しよう!」と、その書評文は結んでいた。

『ジュリアとバズーカ』を読んでいて真っ先に気がつくのは、カヴァンの清潔好きである。ヒロインたちの愛する、というか命の綱であるヘロイン用の注射器はどんなに汚れていても一向に頓着しないが、それ以外の汚れには敏感に反応し、嫌悪している。もちろん、ここでいう汚れとはごくごくありふれた汚れで、人間が毎日の生活で生みだしている汚れだ。連作とおぼしき「今と昔」と「山の上高く」ではとりわけその傾向が顕著にあらわれていて、煙草の汚さと白い粉の清潔さが対比されている。害の対比ではなくて、きれいか汚いか、に目のゆくところがおもしろい。

「喫煙と飲酒は悪徳であり、忌まわしい悪習だとわたしは思っている。誰にとっても不快な行為だ。我が家の中のむっとする煙草の匂いは胸が悪くなるほどだし、カーテンや寝具にしみついて、何度洗っても落ちない。煙はランプのかさの内側に入りこむし、天井を黄色くしてしまう。それに、彼は飲みすぎると怒りっぽく、攻撃的になり、よろよろ歩き回ってばかなことを言っては、みんなを当惑させる。わたしがすることは誰にも迷惑をかけない。人を困らせるようなふるまいをするわけでもない。それに、この真っ白い粉には、人をはねつけるようなところがない。まったくまじりけのない様子をして、輝いている。雪のようにきらめく、汚れのない白い結晶だ」（「山の上高く」）

「今と昔」の彼の名がオブローモフであるのも興味深い。これはいうまでもなくロシアのゴンチャロフの小説のヒーローの名前を採ったものだが、不精者・怠け者・ばか者の代名詞でもあり、眠りをむさぼる男のことだ。しかし、ここでもまた、カヴァンの目は怠惰そのものへというより、怠惰から生まれる汚れに向けられて、きれいだった昔と汚い今が対比されるという恰好だ。オブローモフの部屋が散らかり放題であること、ヤニだらけであること、食べ物や酒や得体の知れないもののシミが目につくことばかりが気にかかって、オブローモフがなにもしないこと、いうなればオブローモフ主義の意味なぞはカヴァンの興味を惹かない。もっとも、この場合のオブローモフ主義はゴンチャロフの場合とはまったくちがって、要するに、ヘロイン常習者への嫌悪に裏打ちされたものだ。ヘロイン常習者であるヒロインとの暮しにうんざりした男の、たんなるアキラメにすぎない。しかし、カヴァンの目はその点まで見通すことはなく、ひたすら汚れにのみ集中し、オブローモフがなぜオブローモフであるのかは読み手が推測するしかない。かれの怠惰さはかれの才能の浪費だ、とか心配してみせたりもするが、それがなにやらただの付け足しにしかすぎないように感じられるのも、オブローモフへの想像力がカヴァンには欠けているからである。作品の出来、ないしは深みはこの場合はどうでもよく、カヴァンの目の質とはそういうものだ、ということだ。

カヴァンは汚れだけを見て、なぜそれが汚れているのか、には見向きもしない。まして、汚れるのは当り前だ、という考え方などは許せない。「今と昔」はせっせと掃除するところで終わるが、カヴァンは汚れさえ排除できればそれでいいのだ。

しかし、汚れは本当に排除できるものなのだろうか。

酒や煙草はやめることもできるし、日々口にする食物から生じる汚れがいやなら、食べるのをやめればいい。だけど、それで汚れとは一切オサラバできるか？　そもそも人間が生きるという営みには汚れがつきものではないのか。もちろん、これは比喩でもなんでもなく、垢とか髪の毛とか、要するに身体から生じる一切合財の汚れのことだ。いわゆる、ごく当り前な新陳代謝現象のことだ。人間は汚れものである。そんなことは分かりきっている。しかし、カヴァンはそれをも拒否する。

本書で一番気持の悪い文章は「クラリータ」だが、たかが吹出物（そう、そんなものはたかがだ）への恐怖を、これほど薄気味悪く書いたものも珍しい。吹出物を、「先が尖った、小さくて固く、ピンク色で光沢のある三角形の物体で、長さは約四分の一インチ、底辺の長さもそのくらい」といったふうに微細に描写するのも、吹出物への嫌悪の裏返しである。美しく清潔な女クラリータに吹出物で汚れた「わたし」が拒否されているという構図は、カヴァンの汚れへの嫌悪をはっきりと反映したものだ。「何て有様なの——自分の体を見てごらんなさいよ」は、カヴァンの汚れへの日々の恐怖の表明だろう。

「クラリータ」中のもっとも醜怪なイメージも、よくよく読めば、拡大鏡で覗いた吹出物の醜怪さである。森の中をにしき蛇の血にまみれて車を飛ばす「わたし」の前に突然現われる、それはそれは巨大な吹出物のイメージはこの文章の圧巻だ。

「彼の頭と顔は真ん中が裂けていて、その裂け目から蘭が咲いている——白いものだ。頭のてっぺんから花が出ているのだから、その根はどこか鼻の奥にあるのだろう。彼の口は返事をしなかった。喉から副鼻洞から何から、おそらく口の中は根でいっぱいで、話すことができないのだ」

汚れへの嫌悪、汚れものとしての人間への嫌悪はこうして人間存在への嫌悪、人間である自分自身への嫌悪へとまっすぐに進み、たとえば「霧」においては、自分は存在していない、と繰り返し強調するにいたる。存在する以上は清潔な女クラリータでなければならず、もしそうなれないなら、存在する必要もないし、存在していない方がいい。

「自分が死の願望に取りつかれていることは承知している。わたしはこれまで人生を楽しんだこともなければ、他人を好きだったこともない。わたしが山を愛するのは、それが生を否定するものであり、不滅で、冷酷で、何ものにも触れられることがなく、何事にも無関心な存在、つまりわたしがそうなりたいと望んでいる存在だからだ」（「山の上高く」）

と、カヴァンは書くが、「死」とか「生」といった語に惑わされてはならない。「死」は「汚れていない」と同義であり、「生」は「汚れている」の意味にすぎず、右の文章は、いまここにいることへの不快感をすこしおおげさに言い表わしたものだ。「実験」なる文章には、目の前の風景をスーパーリアリズムの絵かカラー写真のようにしか見れないヒロインが現われるが、これも、いまここにいることへの不快感の一症状である。車とそのスピードへのカヴァンの偏愛も、やはりその一症状だろう。

「暗がりの中をたったひとりで走っていくのは、何か夢でも見ているようだ。恐ろしい人間世界をあとにして、人間のいない世界へ、高い山の雪と氷へ向かっている夢を見ているのだ。あそこに行けさえしたら……十分遠くまで、十分速く車を走らせることさえできたら……。急がなくてはならない、急がなくては」（「山の上高く」）

カヴァンが夢見る世界は、自分自身も含めた人間すべての消えた、清潔な世界だ。人間のいない世界。汚れへのカヴァンの過激なまでの嫌悪は、究極は、そこへ行き着かざるをえない。右の文章では「人間のいない世界」が「高い山の雪と氷」と言いかえられているが、ブライアン・オールディスが絶讃したという『氷』との字面上の符合もあながち偶然ではあるまい。（『氷』は未見である）

アンナ・カヴァンはヘロイン中毒者で、バズーカ砲と呼ぶ注射器をことさら愛していたのは「ジュリアとバズーカ」を読めば一目瞭然だ。だから、中毒者の目から見た世界の姿として彼女の文章を読むのももちろん可能ではあるが、そのように読むと、カヴァンの中のなにものかを読みおとすのではないか、とも思う。本書のあちこちで、カヴァンは、麻薬中毒者をしきりに弁護している。注射器のおかげで自分がどれほど誠実な人間になれたか、とか、麻薬中毒者は世界で言われているような嘘つきではないのだ、とか、カヴァンのそんな弁解は少々うるさくもある。そんな弁解のせいで作品のまとまりにキズができてしまってるのも、なきにしもあらずだ。

でも、カヴァンはおそらく、自分の文章を自分の文章自体として読んでもらいたいがために、そんな弁解を繰り返したのだ。自分の文章がヘロイン中毒と結びつけられるのを忌避するあまりの弁解ともいえる。

正直なところ、『愛の渇き』の「バイオグラフィカル・ノート」に接するまで、カヴァンに十冊もの著作があったとは知らなかった。『ジュリアとバズーカ』『アサイラム・ピース』くらいしかカヴァンは書かず、遠い昔にひっそりと死んだもの、と思っていた。一九六八年まで、オンリー・イエスタデイまで生きていたとは意外だったし、死ぬまで作品を書くことに必死だったとは驚きだった。カヴァンは作品を、小説を書きたかったのだ。そして、それらの作品が付帯条件なしで作品として通用するのを、切実に望んだ。麻薬中毒者の手記のごとく読まれるのではなく、一コの作品として読まれることを。

だから、『ジュリアとバズーカ』に麻薬中毒者を発見するのはやめよう。アンナ・カヴァンを発見しよう。

青山 南

※「解説」は一九八一年刊のサンリオSF文庫版の「清潔な世界へ」を転載しました。